표적

표적

돈 펜들턴 지음
한국첩보문학협회 옮김

3

미스터 포인터

부자나라

❸ 미스터 포인터

초판1쇄 인쇄 2016년 10월 20일
초판1쇄 발행 2016년 10월 21일

지은이 돈펜들턴
옮긴이 한국첩보문학협회
펴낸이 박대용
펴낸곳 도서출판 부자나라

디자인 디자인 상상(kkt9512@hanmail.net)

주소 10882 경기도 파주시 교하읍 산남리 292-8
전화 031)957-3890, 3891, **팩스** 031)957-3889
이메일주소 zinggumdari@hanmail.net

출판등록 제406-2104-000069호
등록일자 2014년 7월 23일
ISBN 979-11-87475-01-9 04840
979-11-953288-8-8 04840 (세트)

차 례

미스터 포인터

1
도 주

맥 보란은 자면서도 자신이 꿈을 꾸고 있다는 것을 느꼈다. 그는 늘 꿈 속에서 헤매곤 했다.

꿈 속에서 그는 베트남 전우였던 〈죽음의 특공대〉 대원들을 만났다. 그들은 해변가 저택 커다란 내실에 벌렁 드러누워 있었다.

차퍼 폰테넬리와 데드 아이스 워싱턴은 마피아 조직 내에서 흑인의 위치에 대한 문제로 언쟁을 벌이고 있었다. 플라워 차일드 안드로메다는 건스모크 헤링턴에게 계속해서 시를 낭송해 주고 있었다. 그러나 헤링턴은 총을 재빨리 빼는 연습만 할 뿐이었고, 블러드 브라더 루덱은 붐붐 하파워가 위장 폭탄(머리 위에 떨어지도록 문 틀 위에 올려놓는 것)을 장치하는 동안 인디언들이 사용하는 신호를 흉내내고 있었다. 지트카는 파리를 향해 단검을 날렸고, 블랭카날레스와 갯지트 쉬바르츠는 전자 계기판을 만지작거리고 있었다. 보란은 들여다보고 있던 계기판에 싫증이 났다. 끽끽거리는 계기판 소리 때문에 그는 달콤한 꿈에서 깨어날 수밖에 없었다. 보란은 잠에서 깨어났다. 물론 아무도 없었다. 그것이 당연한 일인 줄 알면서도 그는 그들이 꿈에서나마 자기와 함께 있어 준 게 고마웠다.

그는 널찍하고 커다란 라운지의 희미한 조명 아래 반쯤 기댄 채 서 있었다. 비밀 모니터가 보란의 오른쪽에 놓여 있는 테이블 위에서 노란불을 반짝이며 삑삑하는 부저 소리를 내고 있었다.

보란은 잠이 덜 깬 채 거실을 가로질러 창문가로 갔다. 그는 커튼을 다시 내리고 어둠 속을 헤쳐 조심스럽게 모니터 앞으로 다가갔다. 누군가가 온 것 같았다.

불이 반짝이는 것으로 보아 침입자가 200야드 범위 내에 접근하고 있었다.

보란은 자동 권총을 꺼내 들고 의미 있는 미소를 지으며 소리 없이 옆뜰로 이동해 갔다.

그곳은 산타 모니카 바로 위쪽, 거친 캘리포니아 해안선의 외진 곳이었다. 집 뒤쪽의 깎아지른 듯한 절벽 아래는 바로 바다였다. 마치 천연의 요새 같은 곳이었다.

〈죽음의 특공대〉와 함께 마피아와 싸움을 할 때 본거지로 사용한 집이었으나 이제 보란 혼자 남아 있었다. 어떻게 보면 그곳은 고립된 위치에 걸맞게 죽음도 그 어느 곳보다도 가까이 있는 듯했다. 잿빛 구름, 파도 소리, 고독감 따위에 이제 보란은 지칠 대로 지쳐 있었다.

밖에서 자동차의 희미한 엔진 소리가 들렸다.

보란은 서둘러 집 뒤로 나가 차의 뒷좌석에 가방을 던진 다음 시동을 걸었다. 그는 기어를 중앙에 맞춰 놓고 다시 안뜰 쪽으로 돌아갔다. 그는 그곳에 장치되어 있는 조명탄을 점검한 후 각도를 맞추고 불을 붙였다. 조명탄은 연기를 토하며 펑하는 소리를 냈다. 보란은 다시 각도를 바꿔 다른 방향으로 또 하나의 조명탄을 날렸다. 그는 쌍안경으로 그것이 어디쯤 떨어졌는지를 확인해 보았다.

첫 번째 조명탄은 정문 위의 허공에서 터졌고, 두 번째 것은 그 중간쯤에서 빛을 발했다. 2대의 차가 라이트를 끈 채 문 쪽을 향해 천천히 접근하고 있었다. 갑자기 주위가 밝아지자 자동차는 일단 멈추더니 앞차의 문이 열리고 두 사내가 뛰어 나오는 것이 보였다.

보란은 쌍안경으로 그들을 살폈다. 그들은 결코 낯설지 않은 얼굴들이었다. 바로 마피아의 행동파 루이 페나와 그의 동료들이었다.

그는 눈을 감고 마음을 가라앉힌 다음 장거리 모젤 총의 조준경을 통해 바삐 움직이는 사내들을 쫓아가다 차의 연료통에 한 방 쏘았다. 불길은 곧 뒤차에까지 옮아 붙었다. 누군가 뭐라고 지시하는 소리가 들리고, 곧 이어 응사하는 총소리가 주위를 흔들었다.

모젤 총을 내려놓으며 보란은 빙그레 웃었다.

그는 캘리버 50이 설치된 곳으로 달려 갔다. 탄창을 확인하고 30도로 각도를 맞춘 다음 총이 자동으로 발사되도록 조종했다. 방아쇠를 당기자 기관총은 기다렸다는 듯이 총알을 내뿜었다. 제대로 작동이 되는 것에 만족감을 느끼면서 보란은 몸을 날려 자동차로 돌아와 자갈길로 된 주차장을 향해 총을 쏘았다. 차도를 향해서도 쏘았다.

잠시 후 희미하게나마 모든 물체가 그의 눈에 들어 오자, 그의 목표물이 보였다. 그러나 그 목표물이 재빨리 어둠 속으로 사라지자 그는 조금 당황했다.

보란은 헤드라이트를 켜고 액셀러레이터를 밟았다. 순간 차 앞유리에 목표물이 부딪쳤다. 보란은 자기도 모르게 고개가 움츠러들었다. 창문을 통해 손이 들어 와 그의 어깨를 붙잡았다.

자동차가 달려나가자 그 손도 떨어져 나갔다. 다가오던 사내들도 떨어져 나뒹굴었다. 차 뒷바퀴가 모래에 파묻혀 잠시 헛돌다가 다시 액셀러레이터를 밟자 비로소 탄탄한 길로 올라섰다. 그리고 그는 바퀴에서 찢어질 듯한 소리가 날 정도로 차를 180도로 회전시켰다. 그의 뒤에서는 산발적인 총소리가 나고 있었다.

도로로 접어 들자 보란은 뒤를 돌아보았다. 몇 명의 사내들이 쫓아오고 어둠 속에서 그들의 무기와 그리고 누군가가 흘린 핏자국이 번쩍였다. 고속도로에 접어 들었을 때 그들이 전속력으로 그를 쫓아오고 있는 게 백미러에 비쳤다.

보란은 오히려 마음이 편안해짐을 느꼈다. 그리고 이제 어느 방향으로 갈 것인가를 생각했다.

그는 곧 북쪽으로 방향을 바꾸었다. 길가의 표지판에 의하면 몇 마일만 달리면 다시 이쪽으로 돌아올 수 있게 돼 있었다.

보란은 고속도로 상태를 재빨리 파악해 보았다. 달리는 차들 사이에 그의 차가 들어가는 것이 유리하다고 판단되었다.

보란은 어깨를 한번 으쓱 한 다음 커브를 돌았다. 그를 쫓는 차들이 더욱 속력을 내며 달려오고 있었다. 그러나 무슨 상관이

랴, 경찰이든 마피아든 보란에겐 마찬가지였다.

보란은 기관총을 다시 옆좌석에 놓았다. 거기에는 무거워 보이는 가방 하나가 얌전히 놓여 있었다. 돈가방이었다. 그는 빙그레 웃으면서 기관총을 살펴보았다. 기관총에는 5개의 탄창이 아직 남아 있었다.

기관총, 돈가방……. 그렇다, 그것뿐이다. 그러나 그는 갑자기 또 다른 것이 있음을 느꼈다. 특공대 9명의 죽은 혼들이 있었고, 차가운 철창 안에서 일생을 보낼 두 사람의 눈빛이 있었다.

그는 잠시 우울한 생각에 잠겼다. 마피아에 대한 끝없는 저주의 불꽃이 온통 그를 감싸고 있었다. 직업적인 군인 정신이 한없이 질질 끄는 이 전쟁에 대하여 새로운 투지를 불어 넣고 있었다.

보란은 어깨를 움츠리며 다시 돌아갈 수 있는 길을 찾기 위해 살폈다.

그는 지금 어디로 가야 하는지를 알고 있었다. 또 그곳에서 해야 할 일들을 알고 있었다. 북쪽으로 차를 돌려야 한다는 것을 보란은 이미 알고 있었다. 뼈저리게 느껴져 오는 고독감 때문에 그는 더욱더 이를 악다물었다. 죽은 동료들의 혼을 더 외롭게 하지 않기 위하여 마피아와 다시 한 번 싸우는 것이다.

이겨야 한다! 이기기 위해서는 그들에게 잘 알려진 얼굴로는 어림도 없는 일이다.

그래서 그는 지금 짐 브랜튼을 찾아가고 있는 것이다. 그는 베트남 전쟁에서 부상당한 얼굴을 성형하는데 우수한 기술을 보여준 의사였다. 그는 이곳에서 지름길로 100마일 정도 떨어진 팜빌리지에서 개업을 하고 있었다.

그러나 문제는 보란이 슈퍼맨이 아니라는 점이었다. 100마일이 1000마일로 생각될 때도 있는데, 이렇게 추격을 받을 때면 특히 더 그랬다.

보란은 속도를 줄이지 않고 커브를 돌아 좁은 길로 되돌아갔다. 그러면서 그는 이 세상에서 마피아의 씨를 말리는데 자신의 모든 것을 바치겠다고 다시 한 번 다짐했다.

계속해서 마피아의 차는 쫓아오고 있었다. 그는 가속 페달을 밟으면서 앞으로의 자신의 문제를 생각해 보았다. 아득함이 먼저 떠올랐다. 그리고 죽음, 그것도 동시에 떠올랐다.

2
노인의 도움

줄리앙 디조르쥬는 팜 스프링스 휴양지, 그의 작은 서재에서 전화와 시계를 번갈아보며 초조하게 서성이고 있었다.

그리고 이따금 초조함을 이기지 못하는 듯 창가로 가 밖을 내다보았다.

아이들이 노는 모습이 눈에 띄었다.

디조르쥬는 다시 전화를 바라보았다. 왜 전화가 오지 않을까? 루가 지금쯤 한방 먹였을 테고, 그 기쁜 소식을 전하기 위해 전화를 할 텐데……. 디조르쥬는 전화벨이 울리기 전까지는 보란에 대해 마음을 놓을 수가 없었다.

디조르쥬는 창문가로 다시 다가갔다.

그가 서부 지역의 마피아 보스로 임명된 지는 이미 오래 전의 일이었다. 적어도 한 지역의 보스가 그렇게 하루 아침에 되는 것이 아님은 누구나 다 알고 있는 일이었다. 그런 그였지만 보란에 대해서만은 두려움을 느끼지 않을 수 없었다.

서재 문고리가 조금 돌아가는 것을 보고 그는 재빨리 책상으로 달려가 니켈로 도금한 리볼버를 꺼냈다.

「누구야?」

문에 바짝 다가선 그는 낮은 목소리로 물었다.

여자의 목소리가 조그맣게 들렸다.

「아빠, 문 잠그고 뭐하세요? 가정부하고 연애해요?」

디조르쥬는 문을 열었다. 안드레아 디조르쥬 다고스타——긴 머리가 눈길을 끄는 딸이었다. 그녀는 순간 그의 손에 들려 있는 리볼버를 발견하고 질린 듯한 표정이 되었다.

「조심하세요. 정체 불명의 사나이가 아빠를 다치게 할지도 몰라요!」

「찰리를 데리고 있는 이상 아무 일도 없을 거야.」

디조르쥬는 총을 내려놓으며 중얼거리듯이 말했다.

그녀는 입술을 삐죽 내밀며 말했다.

「아무렴요! 그 쓸모없는, 찰리라는 무서운 무기가 잘 지켜 주는데 어련하시겠어요? 그 사람이 제풀에 안 넘어가나 두고 봐요. 아빠, 그런데 왜 그런 얼굴을 하고 계세요?」

전화벨이 울렸다. 안드레아는 갑자기 말할 상대를 잃었다. 디조르쥬의 눈이 그녀를 완전히 무시하고 반가운 표정으로 변했기 때문이었다. 그는 입을 벌린 채 다물지 못하는 딸의 곁을 빠른 걸음으로 지나 수화기를 들었다.

「디스…….」

루이 페나의 침울한 음성이 들렸다.

「어떻게 됐나?」

디조르쥬는 애써 침착하게 말했다. 안드레아는 벌써 나가고 없었다. 그는 책상 모서리에 걸터앉았다.

「어떻게 됐나, 루?」

전화 저쪽에서는 침묵이 계속됐다.

디조르쥬는 피가 마르는 듯한 초조함을 어찌할 수 없었다.

「……그놈이 달아났어요……디스.」

그는 침통하게 말했다.

「달아나다니, 무슨 소리야!」

디조르쥬의 음성이 떨려 나왔다.

「놓치고 말았습니다. 줄리오와 몇 명이 뒤쫓아 갔는데……모르겠어요.」

「뭘 모르겠다는 건가!」

「글쎄 그놈을 잡아 올지 어떨지를 모르겠단 말입니다. 그 녀석 잘도 도망가던데요. 차도 빠르고! 그리고 저……랄프 스친페티가 죽었어요. 레기노도요. 또 2, 3명이 좀 다쳤어요. 심하진 않지만…….」

디조르쥬는 책상 위의 리볼버를 조용히 바라보면서 침착하게 루이의 다음 이야기를 기다렸다.

「우리 차 2대가 불에 탔어요. 그래서 전화하는 게 조금 늦어진 겁니다. 애들을 몇 명 더 보내 주십시오.」

디조르쥬의 두 눈에서 불꽃이 튀었다. 그는 넥타이를 느슨하게 풀며 책상 모서리에서 일어섰다.

「뭐야! 더 보내 달라구? 응? 그래 15명이 머저리 한 놈을 쫓다가 2명은 죽고 몇 명은 다치고, 차는 2대씩이나 불타고…….」

디조르쥬의 음성이 심하게 떨렸다. 그는 다시 넥타이를 더 풀었다.

「내 말 좀 들어 봐요, 디스. 그는 군대였어요. 한 사람의 군대. 공중에다 조명탄을 쏘았어요. 우리가 접근한다는 것을 그는 벌써 알고 있었어요. 어둑어둑하긴 했지만 조용히 접근했는데 말입니다. 그리고 펑하고 조명탄이 터지고, 그 후 무지막지하게 기관총을 갈겨대더군요. 이렇게 살아서 전화하는 것만도 천만 다행이라구요.」

「그래, 알겠어! 지금 어디야?」

「공중 전화 부습니다. 산타 모니카 북쪽이에요. 그리고 그곳을 나오다가 순찰차를 만났습니다. 내 생각엔 누군가가…….」

「잔소리 마, 루! 애들을 데리고 돌아와!」

「그러죠. 그런데 말입니다…….」

디조르쥬는 한숨을 내쉬었다.

「이제 본격적으로 손을 쓰고 있어요. 그놈보다 앞지르도록 조치를 취했습니다. 주유소, 버스 정류장, 네거리, 교차로에 애들을 배치했습니다. 경비를 철저히 하라고 지시했어요. 곧 보란을 잡을 수 있을 겁니다.」

디조르쥬는 힘이 쏙 빠졌다.

「어떻게 믿어! 쓸데없는 소리 집어 치우고 빨리 돌아와! 계획을 다시 세워야겠어. 더 이상 멍청이가 되고 싶지 않으면 돌아와!」

「알겠습니다. 이번 일은 정말 죄송하게 됐습니다.」

디조르쥬는 수화기를 내려놓았다. 그는 잠시 허공을 바라보다가 중얼거렸다.

「그래, 당연히 죄송한 일이지!」

보란은 험한 산길로 차를 몰았다. 갈라진 언덕, 가파른 골짜기 사이로 계속 달렸다.

먼 마을에서 불빛이 보였다. 차의 기름이 거의 다 떨어져 갔다. 이런 속력으로 두 시간이나 달렸으니 기름이 떨어질 수밖에……. 멀리 불빛이 반짝이는 곳이 팜 빌리지가 틀림없을 거라고 보란은 생각했다.

이런 산중에서 주유소를 찾을 수 있을까? 오른쪽 발목의 통증이 어느 틈엔가 그에게 벨보어에서의 전투를 생각나게 만들었다.

그는 언제나 자신도 결국 총에 맞아 죽을 거라는 생각을 하고 있었다. 문제는 언제 죽느냐였다. 그런데 도대체 그 죽음이 왜 빨리 안 오고 이렇게 질질 끄는 건지……. 그의 나약한 마음 깊숙한 곳에서 처참한 얼굴을 한 자존심이 고개를 쳐들었다.

그는 왜 자신의 죽음이 연장되고 있는지 알 수 없었고, 또 알려고 하지도 않았다.

인간은 죽는 장소와 시간을 선택할 수는 없다. 그러나 보란은 죽음의 의미를 마피아와의 싸움에서 찾고 싶었다. 그래서 그는 마피아와 싸움을 시작한 것이다.

보란은 모든 생각을 잊겠다는 듯 고개를 좌우로 흔들었다. 그의 마음은 차차 평온을 되찾고 있었다.

결국 인간이란 자기의 수명대로 살다 가든지, 아니면 쉽게 자기의 생명을 바겐 세일하든지 두 가지밖에 없는 것이다. 그런 의미에서 그는 스스로 선택한 마피아와의 싸움에 더욱 충실하고 싶었다.

그는 다시 커브를 돌아 바로 앞에 환하게 불이 켜진 교차로로 들어 갔다. 길가 표지판에 씌어진 〈가스, 오일 케이프〉란 글자가 눈에 선명히 들어 왔다.

한쪽 구석에 한 개의 주유기가 있는 조그만 주유소였다. 그는 속도를 서서히 늦추면서 희미한 불빛 속으로 들어가 가스 범퍼 앞에 차를 대었다. 차에서 내릴 때 그는 오른쪽 발목의 고통을 다시 한 번 확인했다.

건물 옆에 2대의 차가 주차하고 있었다. 보란은 가볍게 발목을 움직여 본 다음 건물 안으로 들어 갔다.

벽의 선반 위에는 몇 가지 식료품들이 쌓여 있었고, 낡은 핀볼 기계는 어두운 구석에 버려져 있었다.

둥근 스탠드에 있는 4개의 의자가 겨우 카페라는 기분을 들게 했다. 카운터 뒤쪽에는 중년의 여인이 지저분한 에이프런을 두르고 서 있었다. 캔 맥주를 마시고 있던 노인들이 보란을 유심히 바라보았다. 그러나 그들은 이내 관심 없다는 듯 고개를 돌려 버렸다. 보란은 테이블 한쪽에 앉으며 중년 여인에게 말했다.

「기름이 필요합니다.」

「밖에 있으니 알아서 넣으세요.」

의외로 듣기 좋은 목소리였다.

「알겠습니다. 커피도 좀 마실 수 있을까요?」

그녀는 고개를 숙이며 말했다.

「미안해요. 커피가 다 떨어졌어요. 맥주는 어때요?」

보란은 얼굴을 찡그리며 고개를 저었다. 그리고 그는 문을 향해 걸어 나갔다.

「밖으로 나가지 마시오, 젊은이!」

카운터에 앉아 있던 노인이 보란에게 소리쳤다. 보란은 잠깐

머뭇거리다가 그 노인을 돌아다보았다. 노인의 눈빛이 예사롭지 않았다. 보란은 순간 긴장했다.

「밖으로 나가면 안 돼.」

「…….」

보란의 모든 신경이 곤두섰다.

「길 저쪽에 아직도 차가 있나?」

보란은 그가 들어 올 때 길 저쪽의 차를 보지 못했으므로 그쪽을 황급히 내다보았다.

보란은 고개를 끄덕이며 문에서 슬그머니 떨어졌다.

「그 안에 세 남자가 타고 있어. 그들이 여기 와서 자네 같은 사람에 대해 묻고 갔다네, 조금 전에.」

「그들이 찾는 사람이 나인지 어떻게 아십니까?」

보란이 물었다. 노인의 눈이 보란의 머리에서부터 발끝까지 훑었다.

「그 친구들이 자네를 잘도 묘사했어. 그들은 총도 가졌더군.」

「어떻게 알죠, 총을 가졌는지?」

「지금 자네의 허리 부근에 있는 것과 같은, 총신이 짧은 권총을 갖고 있었어. 경찰은 아닌 것 같았는데…….」

보란은 다시 문 쪽으로 몸을 돌렸다.

「내 중고 픽업이 저 뒤쪽에 있네.」

노인이 속삭이듯 말했다.

「아, 그래요?」

보란은 태연하게 보이려고 밝게 웃었다. 그러나 그의 눈은 네거리에 있는 차에서 떠나지 않고 있었다.

「여길 무사히 빠져 나가고 싶다면 내가 도와 줄 수 있네.」

보란은 이 친절한 제의에 대해 의아한 생각이 들었다.
「난 어디로든 떠날 준비가 되어 있는 사람이야.」
노인이 다시 말했다. 보란은 일단 노인을 믿기로 했다.
「내 차 안에 있는 가방을 가져가야 할 텐데…….」
보란이 중얼거렸다.
노인은 의자에서 미끄러지듯 내려섰다.
「내가 나가서 차 뒤 트렁크를 열어 놓고 기름 호스를 대고 있을 테니 그때 나와서 가져가게.」
보란은 차 2대 사이의 거리를 가늠해 보았다. 만약 마피아가 차 안에 있다면 보란의 차와 주유소 건물 사이에 있는 것은 볼 수가 없을 것이다. 특히 자신의 차 트렁크가 열려 있다면…….
「내가 나가서 가방을 가지고 온 다음 영감님의 차에서 만나도록 합시다.」
보란이 제의했다. 노인은 고개를 끄덕이며 문을 열고 나갔다. 잠시 후 보란의 차 트렁크가 열렸고, 보란은 재빨리 차에 접근할 수 있었다. 그는 차에서 가방을 꺼낸 다음, 그 작은 주유소 건물을 돌아 뒤뜰로 나갔다.
중고 픽업이 지저분한 찻길에 세워져 있었다.
보란은 가방을 뒤에 싣고 재빨리 앞자리에 올랐다. 그리고는 몸을 구부린 채 총을 꺼냈다. 노인은 아무 말없이 시동을 걸었다. 차가 주유소 건물을 완전히 벗어나 고속도로로 올라서자 보란은 다소 마음이 놓였다. 마피아들이 탄 차가 아직 그곳에 있는 것을 보고 노인은 빙그레 웃었다.
「그들은 자네가 이 차에 타는 것을 알지 못했어. 자네가 자네의 차로 다가가는 것도 못 볼 정도였으니…….」

보란은 조심스럽게 주위를 살핀 다음 자리에 바로 앉았다.

「더 속력을 내보십시오. 저자들이 언제까지 빈 차만 쳐다보고 있진 않을 테니까요.」

보란이 말했다.

「자네는 그들이 속은 것을 알고 분통을 터뜨리며 따라 올까 봐 두려운가?」

「좀 가다 세우기 좋은 장소에 내려 주십시오. 그들이 영감님을 잡고 물으면 내가 총으로 위협했다고 말하세요.」

「웃기지 말게! 난 저런 버러지 같은 놈들에게 굴복하진 않아. 10마일만 가면 팜 빌리지야, 난 거기서 내 길로 가겠네.」

보란은 지갑을 꺼내 100달러를 노인의 셔츠 주머니에 넣어 주었다.

「이럴 필요는 없어.」

「영감님도 아시겠지만 마피아는 소탕되어야 합니다.」

보란은 빙긋 웃으며 말했다.

노인도 역시 빙그레 웃었다.

「그렇지, 그렇고말고! 나는 처음부터 자네를 알고 있었네. 1주일 동안 내내 TV에서 자네 얼굴을 보았어.」

보란은 뒤쪽으로 눈을 돌렸다.

그는 침을 꿀꺽 삼켰다. 마피아가 따라오고 있었다. 보란은 얼굴을 찡그렸다. 벌써 그의 손은 총을 어루만지고 있었다.

「좀더 빨리 달려야겠는데요?」

보란의 목소리가 움츠러들고 있었다.

「그녀는 왜 그런 곳에서 주유소를 하는지 모르겠어. 나처럼 결코 한창 때는 아닌 것 같은데 말이야?」

노인은 한가하게 엉뚱한 말만 하고 있었다.

보란은 속도계를 절망적으로 쳐다보았다. 픽업은 도저히 더 속력을 낼 수 없을 것 같았다.

그는 총의 안전 장치를 풀었다.

맥 보란——그의 눈은 무섭게 불타고 있었다.

3
희생자

팜 빌리지 서쪽 후미진 교차로에서 중고 픽업은 잠깐 멈춰섰다. 자정이 조금 넘은 시간, 키 큰 사내가 가방을 집어 들더니 운전사에게 소리 없이 웃어 보이고 차에서 내렸다.

얼굴이 검게 그을은 늙은 운전사는 키 큰 사내에게 미소로 답하고 곧 그곳을 떠났다.

보란은 우선 안도의 숨을 내쉬었다. 그리고 잠깐 생각에 잠겼다가 약간 저는 다리를 끌고 나무가 우거진 어둠 속으로 향했다. 교차로에서 10야드쯤 떨어진 곳에서 그는 다시 잠깐 멈춘 다음, 나무 뒤로 돌아가 적당히 몸을 숨기고 가방 위에 걸터앉았다.

잠시 후 차 한 대가 교차로에서 잠깐 정차하더니, 곧 보란이 있는 쪽으로 미끄러져 왔다.

「이봐, 여기서 내린 것 같아. 이 부근을 뒤져 보자구! 넌 계속 그 픽업을 쫓아!」

둔한 목소리가 들리고 이어서 차가 떠나는 소리도 들렸다.

보란은 만년필식 플래시로 숲속을 비치며 조심스럽게 숲속으로 들어가 가방을 그곳에 숨겨두고 또 다른 만년필 플래시를 그 위에 올려놓았다.

두 사내가 그를 향해 다가오고 있었다.

그는 커다란 느티나무 뒤에 숨어 그들이 다가오는 것을 지켜보았다. 한 사내가 희미한 플래시 불빛을 따라 조심스럽게 그곳으로 접근해 갔다. 그들의 얼굴에는 오만한 미소가 떠올랐다. 사냥감을 앞에 둔 사냥꾼의 득의에 찬 표정 같았다. 보란은 소리없이 찻길로 내려와 그들의 뒤쪽으로 다가갔다. 두 사내는 총을 들고 희미한 플래시 불빛으로 점점 가까이 다가갔다.

그 중 한 사내가 희미한 불빛에 비친 가방을 발견하곤, 곧 가방에다 총을 쏘았다. 그러자 가방은 허공으로 튀어오른 뒤 저만치 굴러 떨어졌다.

「바로 그놈이야, 그놈! 그놈을 잡았어! 우리가 그놈을 해치웠어!」

총소리와 흥분한 목소리들이 땅을 뒤흔들었다.

「그런데 저 불빛은 또 뭐지?」

「이상한데!」

그들의 말이 채 끝나기도 전에 보란의 총구가 불을 뿜었다. 사내들의 몸이 순식간에 꺾어졌다. 비명 소리가 총소리에 말려 들었다.

「으악, 프랭크……하느님!」

비명 소리가 주위에서 메아리쳤다.

보란의 총에서 다시 총소리가 날카롭게 들려왔다. 잠시 후, 그들이 완전히 쓰러졌음을 확인하고 그는 만족한 미소를 띠었다. 보란은 시체를 처리하는 시간도 아끼고 싶었다.

그는 플래시로 가방을 비추어 보았다. 그리고 교차로로 내려왔다. 길가의 작은 덤불 속에 숨어 그는 다시 숨을 죽이고 기다렸다.

그는 담뱃불을 붙여 맛있게, 그리고 깊이 들이마셨다. 그 순간 동쪽 도로가 환하게 밝아졌다.

차가 달려오고 있었다. 보란은 천천히 담뱃불을 밟아 끄고 총의 상태를 살폈다. 교차로 지점에서 차가 멈추었다. 바로 보란이 숨은 장소에서 얼마 떨어지지 않은 곳이었다.

엔진도 끄지 않고 헤드라이트도 켜놓은 채 한 사내가 바삐 차에서 내렸다. 그리고 나지막하게 소리쳤다.

「프랭크, 콜리, 조심해. 그 친군 픽업에 없었어!」

보란은 차 뒤로 다가가 살며시 몸을 붙였다. 그리고 쉰 목소리를 흉내내어 조용히 말했다.

「그놈이 이 근처에 있는 것 같았어!」

사내가 대답했다.

「뭐라구! 그놈…….」

갑자기 긴장한 사내는 소리 나는 쪽을 향해 신경을 곤두세웠다. 그러나 그는 묘하게 차 바퀴에 발이 걸려 넘어졌다. 보란이 총을 겨누자, 「보란! 안 돼!」 하고 그는 절박하게 외쳤다. 그의 목소리가 보란의 총소리와 함께 땅에 뒹굴었다. 그의 이마에서 피가 분수처럼 쏟아졌다.

보란은 사내의 몸 위로 총을 던지고 가방을 챙겨 차에 올랐다. 팜 빌리지를 향해 그는 전속력으로 달리기 시작했다.

몇 분 후 그 도시와 가까운 곳에서 보란은 조금 전 자신이 타고 왔던 중고 픽업을 볼 수 있었다. 차는 찌그러졌고, 노인은 차 옆에 다리를 뻗은 채 누워 있었다.

순찰차가 가까이에 있었다. 경찰이 길 한쪽에 서서 보란의 차를 향해 플래시를 흔들어 댔다. 차도에는 다른 차는 보이지 않았다.

놀란 얼굴을 한 사람들 속에서 한 사내의 외치는 소리가 들렸다.

「아니, 해리 톰슨이 웬일이야! 이 지경이 되다니!」

「총에 맞았어요.」

다른 목소리의 사내가 말했다.

보란의 가슴 속에서 뜨거운 분노가 치밀어 올랐다. 그러나 그는 얼굴을 조금 숙이고 경찰관에게 공손히 말했다.

「또 누가 다쳤소?」

젊은 경찰관은 차를 앞으로 빼라는 손짓을 하며 퉁명스럽게 말했다.

「빨리 가시오. 곧 앰뷸런스가 올 테니…….」

「아직 살아 있습니까?」

「신경 쓸 것 없소. 가시오, 어서!」

「1마일쯤 떨어진 곳에서도 총소리가 났었는데 이 일과 관련된 것이 아닌지…….」

보란이 조심스럽게 말했다.

「우리가 조사해 보겠소. 그만 차를 빼주시겠소?」

보란을 알아보지 못하는 경찰관은 계속 신경질적이었다.

보란은 액셀러레이터를 밟아 그곳을 떠났다. 그의 손은 자동

차 핸들 위에서 분노로 어쩔 줄을 모르고 있었다. 그의 분노는, 그것이 모두 자신의 탓이라는 데서 더 참을 수 없었던 것이다.

그 노인이 죽지 않도록 할 수도 있었는데……. 그는 계속해서 차를 몰았다. 모든 걸 잊기 위한 듯 최고의 속력으로 달리고 있었다. 그래서인지는 모르지만 어두운 주차장에 차를 댈 즈음에는 그의 머릿속에는 분노도, 노인의 죽음도 깨끗이 사라져 버리고 없었다.

그는 걷는 동안 가방을 이 손 저 손으로 옮기기도 하고, 가끔 발목을 주무르기도 했다. 자정이 훨씬 지난 시각에 그는 꽃으로 둘러싸인 뉴 호라이슨 요양소를 찾아냈다.

그 요양소의 이름은 그에게는 퍽 친숙한 단어 중의 하나였다. 베트남에 있을 때 짐 브랜튼은 그 단어를 자주 입에 올렸었다. 그는 마음을 쉽게 여는 사람이 아니었다. 그에게는 누구와도 친할 수 있는 텁텁하고 소박한 면도 있었지만 자신의 속마음만은 결코 털어 놓는 법이 없었다.

보란이 브랜튼의 목숨을 구해 준 일이 있었다. 그것도 한 번이 아닌 두 번씩이나. 그러나 그것 때문에 브랜튼을 찾는 것은 결코 아니었다.

보란은 아직도 그가 자신을 반갑게 맞아 줄지 의문스러웠다. 그는 자신과 접촉했던 사람들이 마피아에 의해서 차례차례 살해당하고 있는 사실을 떠올렸다. 어떤 이유에서든 자기 때문에 다른 사람들이 희생되어서는 안 된다고 생각되었다.

그는 뉴 호라이슨이란 간판을 바라보면서 깊은 상념에 젖어들었다.

〈난 그들의 죽음을 위해 무엇을 할 수 있단 말인가? 이미 9명

을 죽게 했다. 아니 10명이나…….〉

멀리서 사이렌 소리가 밤의 정적을 깨고 들려 왔다. 보란은 뉴호라이슨이란 간판에서 눈을 돌렸다.

본관 빌딩의 문이 열리고 불빛이 그 주위를 밝혔다. 낯익은 목소리가 보란의 귀에 와 닿았다.

「뭐하는 거요? 거기서 밤을 새울 거요, 들어올 거요?」

4
불 안

팀 브래독 주임은 차에서 내려 해변가의 저택을 향하면서 공연히 모래를 걷어차고 있었다.

젊은 형사 칼 라이온스——그는 보란 사건을 맡으면서 줄곧 브래독과 함께 행동했다——는 건물 주위를 돌아보고 주임에게 다가갔다.

「완전히 당했는데요, 주임님!」

라이온스의 음성은 상상 외로 차분했다. 그러나 브래독은 아무 말도 않고 모래가 덮인 길을 따라 걷기만 했다. 가면서 그는 곧 모래에 선명히 찍힌 타이어 자국을 발견했다.

그는 무릎을 꿇고 한참 동안이나 그 자국을 내려다보았다.

「이 자국으로 봐서 무슨 차종 같나?」

그는 라이온스를 올려다보며 처음으로 입을 열었다.

라이온스가 허리를 앞으로 숙이고, 그 바퀴 자국을 살펴보며 대답했다.

「잘 모르겠는걸요. 저쪽에도 이런 자국이 나 있었습니다. 그쪽엔 위장 텐트도 처져 있어요.」

「또 다른 건?」

브래독은 힘들게 몸을 일으키며 물었다. 라이온스가 그에게 웃으며 대꾸했다.

「아마 이곳이 그들의 본부였나 봅니다. 두 개의 바주카포, 연막탄, 수류탄 등 각종 무기들이 있었어요. 절벽 아래 해변 쪽에도 마찬가지였습니다. 그곳에는 타깃과 화약고도 있었어요. 아, 그리고 이것도…….」

그는 주머니에서 봉투를 꺼내 주임에게 건네 주었다. 브래독은 봉투 속에 든 스냅 사진들을 훑어보았다.

「비버리 힐스의 디조지가 사는 곳입니다. 그들은 그곳을 샅샅이 조사했던 것 같습니다.」

브래독은 고개를 끄덕였다. 그는 사진을 라이온스에게 다시 건네주고 건물 가까이로 걸어 갔다.

「이 사진들을 본부로 보내!」

라이온스에게 지시하고 그는 다시 덧붙여 말했다.

「좋은 증거물이 될 것 같은데……. 그래, 나중에 아주 중요한 증거물이 될 거야!」

그들은 건물 주위를 빙 돌아보았다. 브래독은 위장 텐트를 자세히 살펴보고는 못마땅한 표정으로 중얼거렸다.

「폭력 가중죄, 불법 무기 소지죄, 송신기 불법 사용……. 이런 죄목으로도 이미 보석은 신청할 수가 있어.」

리용이 브래독을 바라보며 거들었다.

「우린 그들 모두를 감옥으로 보낼 만한 혐의 죄목을 충분히 갖고 있는 셈이군요.」

「혐의가 곧 처벌이 되는 건 아니야. 자네도 그 차이를 알아야 돼. 한 가지 기억할 점은 존 그랜트 같은 일급 변호사를 동원할 수 있다는 사실이야.」

「그랜트는 어마어마한 수임료를 요구할 텐데요?」

라이온스는 그렇게 말하며 주임을 따라 안뜰로 들어갔다. 브래독은 총알 구멍이 뚫린 타깃을 들여다보며 말했다.

「이 표적을 보니 솜씨가 보통이 아니야.」

「존 그랜트 같은 변호사를 자기 편으로 끌어들일 만한, 그 많은 돈을 어디서 구한다는 말입니까?」

라이온스가 다시 물었다.

브래독은 한숨을 내쉬었다.

「그 잘난 매춘부들한테서지. 또 그런 멍청이 같은 질문은 하지 말게! 자네도 알잖아? 보란은 마피아의 돈을 몽땅 털어갔어!」

「아, 그렇겠군요.」

라이온스가 풀죽은 소리로 대답했다.

「그것보다 더 중요한 것은 저지에서 온 보고서를 보고 알았는데, 폰테넬리의 아이들을 위해 많은 신탁 기금이 예치되었다는 거야. 잊었는지 모르지만 폰테넬리는 보란과 같이 행동하다가 첫 번째로 희생된 자야. 비버리 힐스의 총격 사건 때였지.」

「아, 그래요? 그 보고대로라면 보란은 죽은 자와 그 가족에게도 끝까지 책임을 다하나 보죠?」

라이온스는 중얼거리며 보란이 자기 집을 찾아 왔을 때를 생각했다. 거실 입구에 서 있던 그 키 큰 남자를…….

「물론이지. 언젠가 보란과 일하다 희생된 자들의 가족을 찾아가 물어 보았더니 보란이 계속 도와 준다고 했어. 보란은 돈이 필요하면 마피아를 치면 되는 거야. 그러니 희생된 가족들에게 송금되는 돈, 그 돈의 발신지를 계속 추적하면 보란을 결국 만날 수 있다는 얘기야.」

라이온스는 고개를 끄덕이며 말했다.

「어젯밤 이후, 그의 행방은 묘연합니다.」

브래독은 얼굴을 찡그리며 저택에서 도로까지 연결된 바퀴 자국을 바라보았다.

「이 흔적은 뭐라고 보고하지?」

라이온스는 그 말을 듣지 못한 것 같았다.

「저…… 모든 입구에는 전자 방책과 모니터가 설치되어 있습니다. 보란은 그 장치를 이용해 방 안에서도 건물 밖의 상태를 알 수 있었을 겁니다. 그의 솜씨는 일류급에 속하죠. 길바닥에 나 있는 두 군데의 포탄 자국을 봤어요. 실험실에서 그 파편들을 조사 중이지만 제 생각에는 보란은 고성능 라이플로 갈겨댔던 것 같아요. 그리고 또 모젤 총이 그곳에서 발견되었습니다.」

라이온스는 브래독을 뜰의 구석진 곳으로 데리고 가 기관 단총을 보여 주었다.

「여기 이 장치를 보십시오. 보란은 자동으로 방아쇠가 당겨지게 한 다음 재빠르게 자동차를 타고 사라진 겁니다. 마피아들의 포위망을 뚫고서요. 차가 불탄 자리에 바퀴 자국이 선명하게 있잖습니까?」

브래독은 몸을 구부려 기관 단총의 발사 장치를 살펴보았다. 그리고는 낮게 내뱉었다.

「이젠 지겨워! 생각해 봐, 만약 우리가 마피아보다 먼저 보란을 잡으러 이곳에 왔다고 가정해 보게. 생각하기에도 끔찍한 참상이 벌어졌겠지?」

브래독은 힘없이 그를 쳐다보았다. 라이온스는 그의 시선을 피하며 대답했다.

「글쎄요, 보란이 우리에게 저항했을지는 의문입니다.」

「의문이라구? 이 봐, 자넨 설마가 사람 잡는다는 옛말도 못 들었나?」

브래독이 똑바로 선 자세로 손을 호주머니에 넣으며 말했다.

「글쎄요. 과연 그럴 수 있을까요? 난 그 친구와 함께 얼굴을 맞대고 있었어요. 또 그와 이야기도 나누었죠. 그는 상식을 넘어서는 악한은 결코 아니었습니다.」

「언제나 그렇진 않아. 보란은 지금 막다른 골목에 몰려 있어. 생각해 보게. 막다른 골목에 몰린 사람의 심정을 말이야. 자네가 그를 계속 구석으로 몰고 간다면 그는 총을 사용하겠지. 어젯밤 여기서 했던 것처럼 말이야.」

「그렇게 생각하지는 않습니다.」

「그럼 말도 꺼내지 말게. 난 지금 아주 난처하단 말이야. 보란이 벨보어에서 자네 차를 타고 우리들의 포위망을 빠져 나갔다는 사실로 말이야.」

라이온스는 화가 나 얼굴이 벌겋게 상기되었다. 그는 몸을 돌려 건물 안으로 들어 갔다. 브래독 주임은 그 자리에 선 채로 라이온스가 문 안으로 사라지는 것을 보았다. 브래독은 허공을 향해 주먹질을 해대며 소리쳤다.

「난 그 사실을 잊을 수 없어, 잊지 못해!」

브래독 주임에겐 또 하나 잊을 수 없는 일이 있었는데 그것은 그가 수년 동안 집요하게 갈구하던 목표였다. 시민의 지팡이로, 이 분야에서 일한 대가로 언젠가는 경찰의 최고 우두머리가 돼야 한다는 것이 그의 목표였다. 그런데 최근 베트남 전쟁에서 쓰던 게릴라 전법 같은 방법을 이곳에서도 은밀히 서로를 견제하며 자신들의 출세에 이용하고 있어 브래독의 계획에 심각한 방해 요소가 되고 있었다.

브래독은 자신의 출세를 위해서라도 보란을 잡아야 했다. 이 일이 실패하면 능력 있는 경관으로서의 이미지가 크게 손상을 입게 되지 않겠는가?

브래독은 굳게 입을 다물었다. 그는 차로 돌아와 의자에 몸을 기댄 채 경찰 교환실과 연결되어 있는 무전기 마이크를 들었다.

「브래독이다. 죽은 시체더미밖에 보이지 않는다. 곧 돌아가겠다.」

「포스터 경감이 전할 말이 있다고 합니다.」

교환이 알려 왔다.

「그래? 바꿔 줘.」

곧 앤디 포스터의 목소리가 흘러 나왔다.

「또 사건이 벌어졌습니다. 팜 빌리지 근처에서 어젯밤 총격전이 있었습니다.」

「어젯밤? 왜 이렇게 보고가 늦었나?」

브래독의 음성이 한 옥타브 높아졌다.

「그곳 경찰서에서 잘못 판단한 때문입니다. 들어오시면 자세히 말씀드리겠습니다.」

「빨리 헬리콥터를 보내 주게. 그리고 자넨 현장으로 빨리 가게. 내가 도착하기 전엔 아무것도 손대지 마!」

「알겠습니다.」

지시를 마친 그는 순찰차 밖으로 뛰쳐 나오면서 소리를 질렀다.

「라이온스!」

라이온스가 저택 안에서 달려나왔다. 그는 가쁜 숨을 몰아 쉬며 브래독 앞에 섰다.

「다른 사람을 시켜서 자네 차와 내 차를 본부에 갖다 두라고 해. 우린 헬리콥터를 타야 하니까.」

「네?」

「그 쥐새끼를 쫓을 기회를 너에게 한 번 더 준다. 그 쥐새끼 말이야! 라이온스, 유럽의 로빈 후드를 흉내내는 그놈 말이야! 알아듣겠어?」

「물론입니다!」

라이온스는 기다렸다는 듯이 힘차게 대답했다.

〈이젠 놓치지 않겠다. 넌 꼭 내 손에 붙잡혀야 한다.〉

라이온스는 잠시 생각에 잠겨 있다가 다시 건물 한쪽 구석으로 뛰어 갔다. 브래독은 안절부절 못하며 손을 마주잡고 마구 비벼대고 있었다. 아직 우두머리가 되겠다는 꿈이 사라지지 않았다고 생각했다. 그까짓 보란 같은 악당 때문에 그 계획을 포기할 수는 없었다.

줄리앙 디조르쥬는 자제력을 잃을 정도로 몹시 화가 나 있었다. 그는 눈을 치켜 뜨고 심복 루이 페나를 노려보며 소리쳤다.

「내 말 좀 들어! 난 네가 울면서 용서를 비는 건 바라지 않아.

넌 팜 빌리지가 이곳에서 얼마나 가까운 곳인지 알고 있나? 이제 그 구역질 나는 변명 따위는 그만둬!」

「다른 할 말은 없습니다, 디스. 나도 그 쥐새끼 같은 자식이 그렇게 빠를 줄은 몰랐어요. 정말 뭣에 홀린 것 같아요. 그렇지만 얻은 것도…….」

페나가 기어 들어가는 소리로 말했다.

「얻었다구? 그 힘없는 노인과 다 부서진 픽업 한 대? 그러나 넌 날랜 부하 다섯을 잃었어. 뭘 얻었다는 건가? 더 이상 할 말 있어?」

「내 말은……그 보란이란 놈이 지금 어디로 가고 있는가 하는 것을 알아냈다는 거죠.」

「그것을 도대체 말이라고 하나? 여기 이리로 온단 말이야! 알고 있어, 루? 이미 여기에 와 있을지도 몰라! 이미 와 있을 거라구!」

「걱정 말아요, 디스. 밖에는 30명이나 되는 애들이 지키고 있어요. 여기선 어젯밤처럼 날고 길 수는 없을 겁니다.」

디조르쥬는 신경질적으로 담배에 불을 붙이고 천장으로 담배 연기를 내뿜었다. 그 모습을 보고 있는 페나의 표정이 점점 굳어졌다.

「도대체 너희들을 어떻게 믿겠나?」

디조르쥬는 의자를 걷어차고 또 걷어찼다.

페나의 눈이 담배 연기를 쫓아 천장으로 향했다. 그는 엉거주춤 서서 지나가는 말로 이렇게 묻는 것이었다.

「이제 내가 할 일이 뭐죠, 디스?」

「자넨 이제 한물 갔네, 루.」

갑자기 디조르쥬의 말투가 부드러워졌다.

「네?」

「자넨 물러설 때가 된 것 같아.」

「아, 디스, 왜 그런 말씀을!」

「그렇다면 보란의 머리를 갖고 와!」

「꼭 갖고 오겠습니다, 디스!」

「잘해 봐. 차 5대를 가지고 가, 루. 솜씨 좋은 애들로 골라 가! 빨리 보란을 내 앞에 끌고 오란 말이야, 알겠어?」

「알겠습니다!」

「빈 손으로 돌아올 생각은 마!」

「기필코! 디스, 믿어 주세요!」

「이 세상에서 보란의 머리보다 더 필요한 게 없어. 내 말 알겠나, 루?」

「명심하겠습니다.」

「당장 나가! 뭘 꾸물거려!」

페나는 허겁지겁 그의 앞에서 물러 나왔다. 디조르쥬가 말한 대로 보란은 이곳으로 쳐들어 올 게 분명하다. 디조르쥬가 원하는 게 무엇인가? 루이 페나는 그 물음이 쓸데없는 것인 줄 알면서도 계속 묻고 있었다.

그의 목 이외에 무엇이 있는가? 없다. 보란의 목, 그게 전부다. 잃어버린 지위를 되찾기 위해서라도 보란, 네 놈의 목은 내가 가져야겠다!

5
성형 수술

세상에는 자기 나름대로 생을 즐기며 사는 사람들이 많다. 짐 브랜튼도 그들 중의 하나였다. 그는 물질적인 부에 집착하지 않았으며 도박 따위도 싫어했다. 그는 자신의 재능을 필요로 하는 사람에겐 아낌 없이 의술을 베풀었으며, 그야말로 의학의 한 특수한 분야를 연구하는 재미로 인생을 살아가는 성실한 의사였다.

그에게 있어 성형 수술이란 예술이며, 고도의 기술을 요하는 창조적 행위였다. 그는 아름다움이란 피부에서 우선 가늠된다고 생각하며, 개성이나 정신과 육체적인 것은 그 다음으로 미루는 괴팍한 의사였다. 그는 개성이나 정신이 황폐해지면 그에 따라 외모도 볼품없이 된다는 것을 알고 있었다. 따라서 짐 브랜튼은 육체적인 아름다움의 중요성을 크게 강조하였고, 무엇보다 외부에 나타나는 건강한 피부를 제일로 치는 성형 외과 의사임을 모르는 사람은 없었다.

짐 브랜튼은 베트남 전쟁에 군의관으로 자원 입대했었다. 거기서 맥 보란을 만났다. 그는 보란에 대해 특별한 관심을 갖고 있었다. 키 크고 냉정해 보이는 이 특수 부대 중사는 때때로 상처 입은 베트남 어린이를 그의 야전 병원 응급실로 데리고 왔다. 그리고는 치료가 끝날 때까지 천막 밖에서 우두커니 서 있는 것이었다. 그럴 때마다 브랜튼은 그 보란이라는 자가 소문과는 달리 따뜻한 인간애를 가진 군인이라는 사실을 느끼곤 했다.

브랜튼은 전쟁과 그에 따르는 파괴 행위를 싫어했지만 보란과 같은 타입의 남자는 좋아했다. 그는 전장에서의 인간성 상실과 전술의 야비함을 증오했지만, 반면에 군인들이 죽기 아니면 살기로 덤벼드는 그 자세는 충분히 이해하고 있었다.

브랜튼은 물론 보란의 특이한 성격도 알고 있었다. 보란이 살인을 계획하고 군사적인 암살을 자행하고, 그래서 〈킬러〉란 별명을 갖게 된 연유도 잘 알고 있었다. 그는 보란을 좋아했다. 보란이 어떠한 위험 앞에서도 의연하게 대처하는 것을 보았다. 부상당한 어린이를 야전 병원으로 안아 나르는 보란의 눈빛에서 어떤 연민에 찬 괴로움 같은 걸 본 적도 있었다. 그러나 보란은 군인이었다. 직업적인 군인답게 정확하고 용기 있는 그의 행동은 브랜튼으로 하여금 존경에 가까운 느낌을 갖게 하였으며 자신의 모든 것을 이해하게끔 해주었다.

그는 전쟁이 끝난 후에도 보란이 국내에서 마피아와 싸우고 있다는 내용의 신문 기사를 빠뜨리지 않고 보아 왔다. 베트남전의 경험이 없었다면 마피아와의 외로운 투쟁은 불가능한 것이리라고 생각하며…….

법과 암흑 세계 양쪽으로부터 쫓기는 신세인 맥 보란이 곧 자기를 찾아올 것이라는 예감을 브랜튼은 갖고 있었다. 그러나 그가 만약 싸우지 않고도 이길 수 있는 방법을 맥 보란에게 얘기해준다면 그는 두 말 않고 돌아갈지도 모르는 일이었다. 그러나 어쩌랴! 두 가지 길밖에는 없었다. 위장된 얼굴로 살아 남을 것인가, 아니면 지금 이대로의 얼굴로 싸우다가 죽음을 당하는가는 모두 보란 자신의 선택 여하에 달려 있었다.

브랜튼은 맥 보란이 자신을 찾아왔을 때 놀라지도 두려워하지도 않았다. 그들의 만남은 거의 형식적인 테두리를 벗어나지 못했지만 그 속에는 따뜻한 정이 숨겨져 있었다. 그들은 굳게 손을 잡았다. 그리고는 몇 마디를 나누었다.

「자넬 기다리고 있었네!」

브랜튼이 말했다.

「내가 여기에 온 이유를 알겠나?」

보란이 중얼거리듯 말했다.

「알아, 자넨 아름답게 변신하고 싶어진 거지?」

「그 짓을 하다 마피아에게 당할 거야, 자네도.」

보란의 빈정거림에 브랜튼은 크게 웃으며 대꾸했다.

「그렇게 속된 인간은 아니라구.」

「내가 말하는 뜻을 알겠나, 짐? 그 친구들은 다른 사람이 게임에 끼여 드는 걸 좋아하지 않아.」

브랜튼은 보란을 데리고 텅 빈 로비를 지나 구석진 조그만 방으로 데려 갔다. 늙은 독신 남자에겐 적당한 방이었다.

「자넨 친구들을 걱정하고 있군.」

브랜튼이 보란의 어깨에 손을 올려놓으며 말했다.

「자네의 그 얼굴은 누구도 즐겁게 해줄 수 없는 울상이라구, 맥. 새로운 얼굴로 여자를 흥분하게 만들고 싶지 않나? 젊은 미인? 중년 부인?」

보란은 한숨을 내쉬었다.

「그 정도로 끝낼 수 없겠나?」

짐 브랜튼은 껄껄 웃으며 테이블 위에 놓여 있던 스케치북을 보란에게 던져 주었다.

「그게 내 솜씨야. 어느 것이라도 가능해. 자네 맘대로 골라 보게.」

보란은 스케치북을 넘기던 손을 갑자기 멈추며 낄낄대고 웃었다. 다음 장으로 넘기려다가 그는 다시 자신을 웃겼던 페이지로 되돌아갔다. 이번엔 부드럽게 웃으며 손가락으로 스케치북을 툭툭 쳤다.

「자넨 오랜 생각 끝에 이 타입을 만들어 낸 건가, 아니면 우연히 이런 게 나왔나?」

브랜튼은 몸을 구부려 스케치북을 자세히 들여다보았다. 그리곤 손으로 빰을 문지르며 중얼거렸다.

「아, 그게…… 비슷한데…… 비슷하긴…….」

「내 옛날 친구야. 아주 그대로 쏙 빼어. 자네 날 이렇게 만들어 줄 수 있나?」

브랜튼은 말없이 고개를 끄덕였다.

「이건 그렇게 잘생기지는 않았는데? 하지만 자네가 원한다면야……. 맥, 그래도 다시 한 번 생각해 보지 그래. 자네에겐 어울리지 않는 것 같아.」

「시간은 얼마나 걸리나?」

보란이 스케치북에 눈을 준 채 물었다.

「전화를 하면 보조 간호사가 5시까진 도착할 거야. 그러면 6시엔 수술에 들어갈 수 있네.」

브랜튼이 대답했다.

「빠를수록 좋아. 일어서서 걸어 나갈 수 있게 되는 건 언제야?」

「국부 마취를 해야 돼. 침대에 누울 필요도 없어. 눕지 않는 게 더 낫지. 자넨 몸이 건강하니까. 그래도 아마 며칠쯤 이곳에 있어야 할 걸세.」

보란은 생각에 잠기는 듯했다.

「전에도 부상 덕분에 누워 있은 적이 있었어, 짐. 그때처럼 오래 걸리면 안 돼. 난 이곳을 빨리 떠나야 하니까.」

「최선을 다하겠네.」

브랜튼이 신중하게 대답했다.

「흉터가 완전히 감춰지려면 얼마나 걸리겠나?」

브랜튼은 웃었다.

「내 기술이면 여기와 여기만 살짝 자국이 날 뿐이야, 맥. 코는 빼놓고. 코는 마지막에 치료해야 해. 1주일이면 충분해. 아주 까다로운 부분도 있긴 하지만 기술적으로 다 해결된다구. 극히 사소한 문제야.」

보란은 시계를 들여다보았다.

「6시에? 더 빨리 시작할 순 없나?」

「급하게 서둘면 실수를 할 수도 있어.」

보란이 얼굴을 찌푸렸다.

「서둘러 주게, 난 여길 몇 시간 내로 떠나야 될 입장이야. 내

발목도 이젠 좀 쉬게 해야지.」

「고통이 따를 텐데?」

「지금까지 난 줄곧 고통 속에서 살아 왔어.」

「그래 서두르지……. 마지를 빨리 오라고 해야겠군. 그녀에게 의심 살 만한 말은 삼가해야 해. 자네 얼굴은 사람들에게 너무 알려져 있어. 미리 준비를 완료해 놓고 그녀에겐 체크만 하라고 해야겠네. 자넬 알아 볼 수 없도록 말이야.」

「그녀가 없으면 수술이 안 되나?」

「글쎄 그게…….」

브랜튼이 망설였다.

「베트남에선 자네 혼자 했잖은가?」

「그땐 극한 상황이었으니까.」

브랜튼이 목소리를 낮추어 말했다.

「지금은 아니구?」

보란이 싱긋이 웃으며 물었다. 브랜튼도 심각한 표정으로 보란을 쳐다보다가 갑자기 웃음을 터뜨리며 말했다.

「좋아, 중사! 마음의 준비를 하라구!」

보란은 스케치북을 브랜튼에게 돌려 주며 눈짓을 했다.

「환자 대기 완료, 의사 선생님!」

6
평화스런 마을

야망을 가진 사람들이 데스벨리 지역으로 들어 가기 전에 쉬어가던 팜 빌리지가 최근에 와서는 한적한 농경 지대로 바뀌어 가고 있었다. 고속도로의 혜택도 못 받고 20세기의 급진적인 산업 발전의 대열에도 끼지 못했던 팜 빌리지는 휴양차 놀러 오는 사람들이나 은퇴한 시골 출신 노인네들이 돌아와 사는 곳으로 차츰 변해 갔던 것이다. 원래의 모습을 간직한 채 조용히 변모하고 있었다.

4각형 모양의 이 마을은 원래는 광산촌으로 개발되었는데, 주민들이 고속도로가 세워지는 것을 반대했기 때문에 점점 낙후되어 가고 있었다. 아직도 오래된 살롱과 쓰러질 듯한 맥주집들이 길가에 즐비했고, 토요일이면 카우보이와 농부들이 벌이는 싸움판을 볼 수 있는 곳이기도 했다.

이 마을에도 매춘부가 여럿 있었는데 워낙 주민 수가 적다 보니 경찰들도 그들의 얼굴과 이름을 다 알고 있을 정도였다. 그들은 매 주말마다 자진해서 경찰서에 출두해 21달러 20센트의 벌금을 물곤 했다. 이런 일들은 자발적으로 이루어졌으며 그 때문에 마을의 풍속이 파괴되는 일은 없었다. 더구나 노인네들이 특별히 그들을 옹호하고 나섰는데, 그 이유는 사람들은 〈이성과 논리〉에 의해 살아가야 하는데 그걸 깨닫는 데는 그들의 역할이 크다는 것이었다. 한편, 경찰측에서는 그들이 내는 벌금으로 경비 지출을 할 수 있어 모두 만족하고 있는 형편이었다.

로버트 콘은 51세의 나이에도 불구하고 여전히 호리호리하고 단단한 체격을 유지하고 있었다. 젊어서의 고생으로 인해 얼굴에 주름이 깊게 패여 있는 이 키 큰 남자는 마치 서부 영화에 나오는 게리 쿠퍼를 연상시켰다. 실제로 콘 역시 2차 대전이 끝난 그 직후부터 경관 노릇을 해왔고 작은 파출소의 소장을 지낸 적도 있었다.

그는 로스앤젤레스의 경찰 아카데미를 나왔는데 잠깐 LA경찰서에서도 근무한 적이 있었다. 그곳에서 한국 전쟁에 참가하기 전까지 텍사스 주에서 근무를 했다. 한국 전쟁에서 돌아온 후로는 팜 빌리지의 요직을 맡아 일개 시 보안관 사무실을 마을의 행정에 관여하는 대표 기구로 바꿔 버렸다.

콘 자신은 이런 변화를 자랑스럽게 생각하고 있었으나, 그 자신을 제외하고는 아무도 그런 변화조차 인식하는 사람이 없었다. 팜 빌리지는 그에게 대도시 못지 않은 안정된 생활과 안락한 느낌을 주는 곳이었다.

그는 일생 동안 크고 작은 싸움을 너무나 많이 겪었다. 그는 더 이상 그런 꼴을 보고 싶지 않았다. 이제는 폭력이 개입된 일이라면 될 수 있는 한 피하고 싶었다. 콘과 그의 아내 돌리는 적당한 크기의 집에서 편히 살고 있었다. 그들에게는 그 이상 더 바라는 것도 없었다. 그들은 그곳에서 여생을 보낼 생각을 하고 있었다. 편안함과 조용한 일상 속에서 세월은 마냥 흘러 가고 있었다.

10월 5일 아침, 콘은 이제까지 유지돼 왔던 안락한 생활이 느닷없이 무너져 내리는 광경을 지켜보아야 했다. 도시에서나 일어날 듯 싶은 사건이 이 팜 빌리지에도 들이닥쳤던 것이다. 평화로운 이 마을에서 폭력으로 인한 살생이 일어난 것이다.

장례식장에는 낯선 건달 3명의 시체가 있었다.

LA에서 큰 사건만을 주로 다루는 팀 브래독 주임이 콘을 만나러 그곳에 와 있었다.

「이곳에 맥 보란이라도 나타났나요?」

「여긴 이렇게 항상 더운가? 대체 어떻게 이걸 견디나?」

브래독 주임은 다짜고짜 날씨에 대한 불평부터 늘어놓았다. 그는 이마의 땀을 손으로 훔치며 구름 한 점 없는 하늘을 올려다보았다.

「겨우 32도밖에 안 됩니다.」

콘이 대답했다. 그는 약간 과장해서 덧붙여 말했다.

「아침은 비교적 서늘한 편입니다. 오후는 더 심할걸요.」

그는 시청과 감옥 그리고 경찰서로 쓰이는 건물로 브래독과 라이온스를 안내했다. 브래독은 라이온스를 앞장세우고는 뒤로 처져 걸었다. 세 사람은 시민 봉사실이라고 쓰인 문 앞을 지나 좁은 복도로 들어섰다.

에어컨이 풀 가동되고 있는 복도가 거의 끝나는 곳에 콘의 사무실이 있었다. 사무실 창문에는 열대 지방용 쿨러가 장치되어 있는 게 눈에 띄었다. 불투명한 유리가 달린 문 깊숙이 처박힌 그물 침대 그리고 책상 건너편엔 감방 문이 열린 채였다.

「이게 감옥입니까?」

칼 라이온스가 물었다.

「그렇소. 손님이 하도 드물어서. 토요일이면 가끔 들어차는데 그들이 풍기는 냄새를 참지 못할 거요. 월요일마다 타일 기름을 붓고 그대로 마르도록 내버려 두고 있습니다.」

엄지 손가락을 열쇠 구멍에 넣어 보면서 콘이 말했다. 브래독과 라이온스는 앉으란 말도 없었지만 스스로 자리를 찾아 앉았다. 라이온스는 더러운 얼룩이 묻어 있는 가죽 소파에, 브래독은 책상 위에 걸터앉았다. 콘은 방 가운데 놓인 의자에 편안히 몸을 기댔다. 모자를 뒤로 넘겨 이마를 문지르면서 콘이 말했다.

「이곳에, 제가 관할하는 이 마을에 맥 보란인지 뭔지 하는 놈이 숨어 있을 것이라고 생각하는 이유는 뭡니까?」

「육감이야. 즉각 동원할 수 있는 이곳 병력은 몇 명쯤 되나?」

「12명. 저를 제외하고 그렇습니다. 3명씩 교대로 근무를 시키고 있습니다.」

권태로운 음성이었다. 콘은 피곤한 웃음을 지어 보이며 말을 이었다.

「전원이 근무하는 날은 토요일뿐입니다. 그땐 철야를 하죠. 차는 2대밖에 없고, 그 중 고속도로를 달릴 수 있는 건 1대뿐입니다. 가끔 6명이 근무를 할 때도 있는데 나머지는 집에 가서 발 뻗고 잠이나 자는 거죠.」

그는 콧소리를 내며 시거를 집어 들었다.

「우리 경관들 월급이 얼만지 궁금하지 않소? 감격의 눈물 한 방울 외에는 아무것도 없어요. 전 매일 20시간씩 근무합니다. 가끔 아내와 LA까지 가서 진탕 마시고 오는 일 외에는 말입니다. 으음, 그러니까 주임님 말씀은 저 장례식장에 누워 있는 세 구의 고깃덩어리가 맥 보란에 의한 것이란 얘기신가요?」

콘은 담배를 만지작거리며 생각에 잠겨 있다가 브래독을 주시하며 물었다. 브래독은 불편한 듯 앉은 자세를 바꾸었다.

「1주일 전부터 보란을 잡아 들이기 위해 온 정력을 다 쏟고 있다네. 그래서 전 지역에 도움을 요청해 두었지. 우린 이 마을 같은 외곽 지대의 도움이 더욱 절실하다네. 자네가 조금만 일찍 어젯밤 사건을 보고해 주었으면 지금쯤 우리가 보란보다 훨씬 유리한 위치에 있었을 텐데…….」

콘이 브래독의 말을 가볍게 되받으며 설명했다.

「어젯밤 우리 부부는 공교롭게도 LA행이었지요. 그리고 경비 상태를 말하자면 우리 서의 경관들은 그렇게 먼 곳에서 일어난 일까지는 신경을 못 쓰는 형편입니다.」

그는 시거의 끝을 이로 잘라 내고 그것을 질근질근 씹었다.

「그리고 우리에게는 이 마을 밖에서 벌어진 사태를 책임져야 할 아무런 이유도 없습니다. 여기서 2마일이나 떨어진 곳인데다…….」

브래독은 씁쓸한 표정이 되어 라이온스를 바라보았다. 그리고는 이내 콘을 돌아보며 말했다.

「이곳에 임시 수사 요원을 배치해도 되겠나, 콘?」

잠깐의 침묵이 흐른 뒤에 콘이 대답했다.

「좋습니다. 단, 조건이 있습니다.」

「무슨 조건인가?」

「이 마을을 시끄럽게 하지 않는다는 약속을 해주십시오. 우리 마을의 평화가 깨지는 걸 원치 않습니다. 이곳 치안은 우리가 할 일이니까. 보란을 원하신다면……좋아요. 이곳을 뒤져 그를 데려 가십시오. 그러나 다시 말하지만 이곳 사람들을 귀찮게 하지는 마십시오.」

「물론, 누구에게도 피해가 가지 않도록 하겠네.」

브래독이 확언했다.

「그리고 또, 주임님의 부하들이 이곳 사람들에게 좋은 인상을 줄 수 있도록 해주십시오.」

브래독이 고개를 끄덕였다.

「조용히 일을 해결해 주십시오, 부탁입니다.」

브래독은 한숨을 쉬며 라이온스를 쳐다보았다.

「나도 그렇게 되길 바랍니다만…….」

라이온스가 말했다.

콘은 손바닥을 펴고 씹고 있던 시거 조각을 그 위에 뱉어 냈다. 그는 어리둥절한 표정으로 눈을 똑바로 뜨고 LA의 경찰 간부를 쏘아보며 말했다.

「무슨 뜻이오?」

「우리가 보란을 발견하게 되면 분명히 마피아의 총잡이들도 달려들겠죠?」

「전 이 마을에서 총소리가 나는 걸 절대 원치 않습니다, 브래독 주임님! 조용히 해결해 주십시오.」

콘이 다시 부탁했다.

「우리도 마찬가지야. 이 전화 쓸 수 있나?」

브래독이 전화기를 끌어당기며 콘에게 물었다.

「요금만 내신다면.」

「뭐야?」

「요금 말이오. LA까지 45센트입니다.」

라이온스는 씩 웃으며 담배를 꺼내 물었다. 그는 브래독의 얼굴빛이 변하는 것을 재미있다는 듯 바라보았다. 그의 손가락이 전화기의 숫자 버튼을 톡톡 두들기는 옆에서 라이온스는 담배에 불을 붙였다.

「응답이 없습니까?」

콘이 브래독의 얼굴을 살피며 말했다. 그는 담배를 깊이 빨아들였다가 연기를 내뿜으며 웃었다.

「아, 통화중인 모양이네.」

라이온스는 손으로 목을 가르는 흉내를 내며 콘에게로 시선을 돌렸다. 그는 또다시 콘에게 윙크를 보냈다.

콘은 젊은 형사에게 윙크로 응수하며 다시 시거의 끝을 잘라 그것을 씹었다. 그는 이 젊은이의 밝은 표정이 마음에 들었다. 그런데 브래독이란 친구는……. 콘이 주임을 못마땅해 하는 것을 라이온스는 알고 있었다. 브래독도 그런 눈치를 채고 있을 것이다. 그의 얼굴에도 역력히 드러나 있었던 것이다.

한편, 콘은 머리를 스치고 지나가는 중요한 새 사실에 마음을 빼앗기고 있었다. 맥 보란이 아직 이 마을 부근에 있다면 그것은 그의 관심을 끄는 무엇이 여기에 있기 때문일 것이다. 이러한 사실은 아마 LA의 거물급 형사 나으리들도 모르고 있는 것 같았다. 그는 진심으로 자신이 이룩해 놓은 이 도시의 평화로운 분위기를 망가뜨리고 싶지 않았다.

그러나 어쩌랴!

그는 이 사건을 얼마간 지켜보기로 마음을 굳혔다.

7
계 획

코사 노스트라는 루이 페나가 알고 있는 유일한 친척이었다.

페나는 20년대 초 동부 할렘 가에서 폐렴으로 다 죽어 가는 어머니와, 감옥에 자주 드나드는 등 그렇게 자랑스럽지 못한 아버지 사이에서 태어나 거의 이웃 사람들의 도움에 의존해 자라났다.

이 팔자 사나운 어린아이는 일찍부터 길에서 자는 법을 배웠고, 사람들이 던져 주는 빵조각을 달갑게 받아 먹는 자세도 익혔다. 그의 출생지는 유태인과 이탈리아 인, 아일랜드 인들이 섞여 사는 곳이었다. 따라서 인종끼리의 불화와 싸움이 그칠 날이 없었다. 그러나 어린 페나에게 그러한 것들은 아무런 문제도 되지 않았다. 그는 단지 아일랜드 인들이 건네 주는 수프 한 그릇이면 더 욕심부릴 게 없었다.

페나의 나이 8살 때, 그의 인생은 극적인 궤도 수정을 하게 되었다. 죽은 어머니의 조카가 어린 그를 데려다 키워 준 것이다.

페나는 21살의 쿠지나 마리아라는 그 여인에게서 가족의 따뜻함을 맛보았고, 그가 이탈리아 인이라는 사실에 자부심도 갖게 되었다.

학교에 다니게 되자 처음에는 그 생활이 싫었으나 차츰 익숙해져 나중에는 공부에 취미를 붙이기 시작했다. 페나는 6년 동안 열심히 공부만 했다.

그러던 중 마리아는 〈180번 가의 습격자들〉이란 갱 조직에 끼여 들게 됐는데 어린 루이는 그 새로운 환경 속으로 빨려 들어가게 되었다. 14살의 페나는 마리아 몰래 학교를 집어 치우고 때때로 습격자들의 일을 도왔다. 마리아의 애인이기도 한 〈제3의 다리〉라는 조니 밑에서 일했다. 그 당시는 갱들이 판을 치던 암흑세계였다. 코사 노스트라 가도 이때 튼튼한 기반을 구축할 수 있었다.

페나는 14살 때 그 해의 반을, 그 다음해의 3분의 1을 감화원에서 보냈다. 그때 운동장에서 동료를 칼로 찔러 죽인 일이 있었으나 요행히 미친 사람 행세가 통해 주립 병원으로 옮겨졌었다. 그는 16살의 생일을 그곳에서 보냈다. 이후로 늘 법망을 피해 다니다가 코사 노스트라 가에 입문하게 되었다. 마피아로서 그는 차차 실력을 인정받았다. 행동 단원으로 카포의 수행원이 되더니 드디어 가문의 간부로 들어 앉을 때까지 다시는 감옥에 가지 않았다. 병원도 마찬가지였다.

그런 생활 중에 현재의 보스 디조르쥬를 만났다. 디스는 당시 로스앤젤레스 가의 초기 무렵 카포레짐(부지부장. 카포의 다음 자리) 카토 지배 체제의 지배층에 있던 인물이었다. 〈변태 루이〉

란 별명이 오랫동안 페나를 따라다녔는데 얼굴만은 말끔했다. 그는 맥 보란이 디조르쥬의 심복들을 몰살한 그 뒤에, 즉 비버리 힐스 사건 뒤에 바로 카포 밑으로 들어오게 되었다.

마피아와 결혼했다는 말을 들을 정도로 충성스런 페나는 디조르쥬에게도 쉽게 인정을 받았다. 그의 이런 신분적 상승은 그가 뛰어났기 때문이 아니라 조직 내에 별다른 인물이 없었던 덕분이었다. 그는 우둔한 편이었지만 두려움을 모르는 패기와 마피아 조직에 대한 맹목적인 충성으로 그 핸디캡을 극복해 냈다. 어느 누구도 〈변태 루이〉의 계승을 반대하지 않았고, 그는 카포가 기뻐할 일이라면 무슨 짓이든 하겠다고 맹세까지 하기에 이르렀다. 게다가 맥 보란의 머리를 은쟁반에 담아 카포의 코 앞에 바치겠다고 큰 소리까지 치고 있었다.

페나는 10월 5일 아침 5대의 캐러밴을 이끌고 팜 빌리지에 도착했다. 그곳에는 이미 서적 세일즈로 위장한 윌리 워커(그는 조제프 지아나미의 친척이다)란 사내가 기다리고 있었다.

워커는 로드타운 스퀘어에 상가를 하나 빌어 사무소로 쓰고 있었다. 그는 차를 그곳까지 들어 오도록 했다. 페나의 부하들이 차 뒤 트렁크에서 책을 부리는 동안 워커는 경관과 잡담을 하고 있었다.

잠시 후 25명이나 되는 페나의 부하들이 건물 안으로 어슬렁거리며 사라지자 워커는 경관에게 이곳 미관을 해치지 않는 범위 내에서는 좀 봐줄 수 있지 않느냐고 말을 붙였다. 페나도 거들었다.

「차라리 건물 안보다 차에 에어컨을 틀고 그 속에 앉아 있는 편이 낫겠어.」

「그래도 세금은 내야 할 거요.」

경관이 웃으며 대꾸했다.

「많진 않소. 당신이 장사를 잘 하도록 그들이 지켜 줄 거요. 한 사람당 5달러, 이 보급소를 빌리는 데 주 50달러, 그리고 상공 회의소에서 회비 조로 50달러를 거둬 가죠.」

워커는 음흉한 웃음을 띠고 말했다.

「하긴 다 살려는 짓이니까, 윌리.」

페나는 은밀히 워커를 한쪽으로 불러 말했다.

「조건은 어쨌든 좋아. 아이들이 짐을 푸느라고 바쁘군. 조심하라고 해! 책 밑에는 중화기들이 있어.」

「알겠습니다.」

「책을 쌓아 놓으라구! 보기 좋게 말이야. 상자들은 상표가 붙어 있는 쪽을 잘 보이게 해. 누구든지 우리가 여기 있다는 것을 알게 해주자구.」

물방울이 떨어지고 있는 천장 모서리를 바라보며 페나는 말했다.

「빨리빨리 하고 차로 돌아가 있어. 이곳의 습기를 없애는 일이 급해. 망할!」

그는 손을 뻗어 워커를 툭 치며 말을 이었다.

「명단 좀 주게. 이 근방에 누가 사는지 알아 봐야겠어. 잘 친해 둬야지. 나중에 도움이 될지 모르니까.」

윙크를 하며 카드를 주머니에 넣은 그는 보급소 입구로 걸어가다가 워커를 돌아보았다.

「차 안에 선풍기라도 하나씩 설치하고 뒤 유리창엔 책을 쌓아두게. 부하들에겐 각자 책 한 권씩을 손에 들고 있도록 지시하고, 차 한 대는 비상시를 위해 통로에 바짝 대 놓게.」

워커는 알았다는 듯이 고개를 끄덕였다.

잠시 후 페나가 돌아왔을 때 모든 것은 그의 지시대로 되어 있었다. 진짜 서적 도매상처럼 점원들도 바쁘게 움직이고 있었다.

워커는 시청에서 산 이 도시의 지도를 벽에 붙여 놓았다. 각 지구마다 이름이 자세히 명기되어 있었다.

「이 도시를 다 커버하려면 얼마나 걸릴까?」

페나가 물었다. 윌리 워커는 지도를 자세히 들여다보고 있었다.

「3, 4시간이면 모든 집 대문을 다 한 번씩은 두드릴 수 있을 겁니다. 행동을 빨리 한다면 말입니다. 정확히 점검하려면 대략 5, 6시간쯤?」

「빠를수록 좋아. 저 주차장을 특히 잘 감시하도록 해.」

「네? 주차장을?」

지도에서 눈을 뗀 워커가 자신의 보스에게로 눈을 돌리며 의아한 표정으로 되물었다.

「줄리오의 차, 보란이 분명 그걸 저곳에다 처박았을 거야. 지나가다 얼핏 봤는데 핏자국이 묻은 시트하며 키도 그대로 꽂혀 있었어.」

「어떻게 할 생각이십니까, 루이?」

「경찰들이 차를 끌어갈까 봐 그래. 그런데 윌리, LA경찰국 소속의 형사 2명이 경찰서로 들어갔어.」

「그래요?」

「틀림없었어. 자넨 우리 애들을 시내로 내보냈나?」

「그럼요.」

「윌리, 난 〈그럼요〉라는 대답보다 〈당연하죠〉라는 대답을 원해!」

「알겠습니다. 애들이 팔아 올 겁니다. 모두 세금 걱정을 하고 있으니까요.」

페나는 코를 쓱쓱 문지르며 그 도시를 크게 확대시킨 지도에 시선을 던졌다. 그리고는 한숨을 내쉬며 말했다.

「자, 빨리 행동 개시해! 줄리오의 차를 지키도록 하라구! 그리고 경찰의 잔꾀에 넘어가지 않도록 주의해. 그리고 모두에게 보란의 사진을 한 장씩 나눠 줘. 그자와 마주쳐도 몰라본다면 곤란하니까. 그리고 윌리…….」

「네, 루이?」

「한 가지, 우린 보란을 없애기 위해 이 도시로 왔다는 사실을 애들에게 꼭 명심시켜. 닭 쫓던 개 꼴이 되긴 싫다. 그렇지만 보란을 죽여서는 안 된다. 그를 반드시 사로잡아야 돼. 시체를 보았다는 정보를 가지고 오려면 차라리 돌아오지 않는 게 나아. 내 말 알아듣겠나?」

「알고 있습니다, 루이. 걱정 마십시오. 우리는 정예 전투원입니다. 그 까마귀 같은 보란을 꼭 생포해 오겠습니다.」

「그래. 디조르쥬도 우리가 잘 해낼 거라고 믿고 있어.」

「경찰이 먼저 선수를 치면, 루이?」

「그들에게 사상자가 생기겠지. 이 일을 경찰에게 선수를 빼앗기면……어떻게 되는지 알고 있겠지?」

보급소 내의 분위기가 돌연 살벌해지는 것 같았다. 윌리 워커에게는 특히 그렇게 느껴졌다.

베테랑급 마피아의 행동 대원은 굳은 얼굴로 고개를 끄덕이며 대답했다.

「알고 있습니다, 루이!」

8
지옥으로 가는 길

맥 보란은 짐 브랜튼의 침실에서 커다란 안락 의자에 누워 쉬고 있었다. 몇 주일 전 동부 지역에서 떠나올 때 은발이었던 머리칼은 검은 빛이 돌았고, 귀 밑 구레나룻 부근은 좀더 묘한 빛으로 염색되어 있었다. 눈에 보이는 곳의 털은 모두 다 그랬다. 양쪽 눈두덩이 부근과 광대뼈에는 플라스틱을 삽입시키는 수술을 했다. 보란의 코 주위엔 붕대가 감겨져 있었다.

「기분이 괜찮나?」

브랜튼이 문을 열고 들어서며 물었다.

「굉장해. 역시 생각대로야.」

겨우 달싹이는 입술로 보란이 말했다.

「바람 좀 쐬겠나?」

브랜튼의 질문에는 아랑곳하지 않고 손거울을 들여다보며 보란은 생각에 잠겨 있었다.

「믿을 수가 없을 정도야. 이게 나라니! 이 너절한 붕대를 풀어 내려면 얼마나 기다려야 하나?」

「그 붕대 덕분에 상처가 아무는 거야. 건강 상태에 따라 조금씩 차이가 있지만 대개 1주일쯤이면 돼. 혹 2주일이 될 수도 있겠지. 그게 꿰맨 데가 아무는 데 필요한 기본적인 시간이야, 맥! 그때까지 참아. 그대로 놔 두면 저절로 아물 테니까. 그 신비한 현상을 기다려 봐. 그때는 말할 수 없이 부드러운 분홍빛 살결이 나타날 거야.」

「이렇게 간단한 것이라곤 상상도 못했어.」

보란은 조금씩 입술을 움직이며 말했다.

「그렇게 간단하지만도 않았어. 마취가 풀리기 시작하면 쇠로 긁는 듯한 통증을 느낄 거야. 이곳과 또 이곳에 원래의 뼈를 빼내고 플라스틱 뼈를 삽입했어. 코에서도 많이 긁어 냈지. 아주 천천히 플라스틱 뼈들이 제자리를 찾아갈 거야. 그리고 원한다면 다시 원상태로 바꿔 놓을 수도 있어. ……그러나 그러고 싶은 생각은 안 들 거야.」

「정말 다시 바꿀 수도 있나?」

짐 브랜튼은 자신 있다는 듯 고개를 끄덕였다.

「그럼, 물론이지. 다시 그대로 환원시킬 수도 있어. 날씬한 여자의 가슴, 히프 선들을 예술적으로 뜯어 고치는 광경을 자네가 직접 봤어야 하는데.」

보란은 웃으려 했으나 얼굴의 근육들은 석고처럼 굳어 움직이지 않았다.

「자네, 여자를 남자로 뜯어 고칠 수도 있나?」

「물론 그것도 할 수 있지. 자네가 한 성형은 우리가 보통 하고 있는 수술 중에서도 기초적인 거야. 난 자네의 신경 조직을 재결합할 필요도 없었어. 이쪽과 이쪽의 방향만 틀어 주면 되었거든. 자네 얼굴을 유심히 관찰해 보게. 자넨 이제 내 지시에만 따르면 돼.」

「흉터가 남지 않을까?」

「내 지시대로만 한다면 그런 일은 없을 거야. 또 다른 의사를 찾아가 수술받지 않는 이상은…….」

보란은 다시 손거울을 들여다보았다.

「스케치북 속의 모습처럼 된 것 같군. 이상해. 붕대로 가려져 있는데도 알겠어. 거울 속에 나타난 건 내가 아니야.」

「그 얼굴은 마스크일 수도 있네. 자네의 본 얼굴이 영원히 그 속에 숨어 있는 마스크 말이야.」

「또는 그 뒤에서 남몰래 투쟁하는…….」

보란이 부드럽게 덧붙였다. 의사는 눈을 내리깐 채 손을 비비며 중얼거렸다.

「자네가 무슨 생각을 하고 있는지 알겠네.」

「그건, 짐, 행동이야. 이미 엎질러진 물이야. 내겐 선택의 여지가 없었어. 나는 늘 이겨야 하고 또한 죽을 때까지 싸워야 돼.」

「베트남 전쟁은 이미 끝났어. 이 지구상에는 이제 사소한 투쟁만이 남아 있을 뿐이야.」

브랜튼은 위로하듯 나지막하게 말했다.

「그럴까?」

보란은 잠시 주춤거렸다. 그리고는 손 끝으로 뺨을 가볍게 긁었다.

「자넨 잠시도 발을 가만 두지 못하는군, 맥.」

브랜튼이 걱정스럽게 말했다.

「그게 아니야. 누군가가 나를 야구 방망이 같은 것으로 공격했었다구.」

「그게 마치였더라면…….」

「웃기는 소리 집어 치워!」

보란이 웃으며 소리쳤다.

「아무도 자넬 도와 주지 않을 거야, 맥!」

「나 혼자서도 할 수 있네. 내 마음은 정해졌어.」

등을 침대 모서리에 대고 몸을 폈다 굽혔다 하는 동작을 계속하며 보란이 말했다.

「이미 마음을 정했어.」

「뭐가 그리 급한가? 이봐, 천천히 생각해 보고 시작해도 늦지 않아.」

보란은 눈을 들어 옛 전우를 바라보았다. 그를 나무랄 수는 없었다. 자신에 대한 브랜튼의 애정은 오히려 그를 감동시켰다.

「자네 말도 옳아. 그런데 이곳에서 너무 지체한 것 같군.」

보란이 권총의 상태를 살펴보려 했으나 갑자기 고통이 그의 얼굴에 느껴졌다. 그는 탄창을 떨어뜨리고 말았다.

「그런 꼴로 어딜 가겠다는 건가?」

「할 수 없어. 놈들의 냄새가 나, 짐. 그들이 가까이 와 있어.」

「그들이라니? 누굴 말하는 거야?」

「사냥개들, 마피아의 개들! 이 부근까지 쫓아왔어. 난 느낌으로도 알 수 있네.」

브랜튼이 한숨을 내쉬었다.

「그래. 자네가 말한 대로일지도 몰라. 그들이 이미 여기를 다녀갔을지도……. 자네에겐 말하지 않으려고 했는데……아무튼 서적 외판원이 말을 걸거든 조심해, 보란.」

「무슨 일이 있었나?」

보란이 총을 손질하며 물었다.

「수상한 놈들이 아까 다녀갔어. 세일즈맨으로 변장한 두 놈이었는데 아주 서투르더군. 내게 책 한 질을 주는 대가로 환자들에게 책을 팔 수 있게 해달라는 거야.」

브랜튼의 말은 보란의 흥미를 자극했다.

「환자는 아무도 없다고 말했더니 그들은…….」

「그놈들이 무슨 냄새를 맡은 걸까?」

브랜튼은 머리를 저었다.

「자세히는 모르겠지만 눈치를 챈 것 같진 않았어. 나를 보통 의사로만 생각하는 것 같았어. 그들은 이것 저것 물어 댔어. 어젯밤 총소리를 들었느냐, 혹시 여기 오래 입원해 있는 환자는 괜찮았으냐, 그런 식으로 나를 유도하더군. 〈이미 이곳엔 환자가 없다고 말했지 않은가〉라는 내 말에 그들도 더는 입을 열지 못하고 저쪽 길로 해서 이층 집으로 들어가는 것을 보았어.」

「나오는 것도 보았나?」

브랜튼은 말없이 머리를 흔들었다.

「그 집을 가르쳐 줘. 그들이 눈치채지 못하도록 여기서 살짝 나갈 수 있는 길은 없나?」

그때 가벼운 노크 소리가 났다. 보란은 말을 멈추고 벽 쪽으로 몸을 숨겼다. 브랜튼이 들어오라고 하자 흰 간호사복을 입은 아름다운 여자가 들어섰다.

「경찰서장님께서 선생님께 드릴 말씀이 계시답니다. 들어오시라고 할까요? 아니면…….」

「들어오시라고 해요.」

브랜튼은 문을 닫으며 혼자 중얼거렸다.

「망할 것, 징기스 콘이 날 찾아왔군.」

발자국 소리가 요란하더니 쇳소리가 났다. 문이 열리고 카키색 제복을 입은 키가 큰 경관이 들어왔다. 그의 손에는 사막의 먼지를 듬뿍 둘러 쓴 경찰관 모자가 들려 있었다.

「이건 공적인 방문이 아니라고 간호사에게 말했소, 닥터!」

그는 부드럽게 말하며 브랜튼을 바라보았다. 그리고는 천천히 보란에게로 시선을 주었다. 보란은 벽 쪽으로 돌아 누워 죽은 듯이 있었다. 그의 눈이 보란의 손이 놓여 있는 재킷의 불룩한 부분에서 멈추었다. 다소 불안스런 표정을 짓고 있는 브랜튼을 보며 콘은 말했다.

「마음을 편히 가지시오. 난 영웅이 되기 위해 이곳에 온 게 아니오. 또 누굴 다치게 하고 싶지도 않소.」

그는 날카로운 시선으로 보란을 쏘아보고 있었다.

「난…… 난 줄곧 환자와 같이 있었소, 징기스.」

브랜튼이 굳은 얼굴로 말했다.

「알고 있소.」

콘은 모자를 테이블 위로 던지며 의자에 털썩 주저앉았다. 주머니에서 시거를 꺼내 끝을 뽑아 버리고 의자의 한쪽 손걸이를 어루만지면서 불을 붙였다. 그의 시선은 내내 보란에게 못박혀 있었다.

「폭력은 우리들 모두의 적입니다.」

그는 부드럽게 웃으면서 시거를 한 모금 깊숙이 빨고는 보란 쪽으로 몸을 기울이며 말했다.

「우습게 들릴지도 모르겠지만 나는 언제나 이 작은 도시가 평화롭기만 바라고 있소. 난 이곳 주민들이 원하는 평화를 지켜주기 위해 저 사막을 건너온 사람이오. 경찰이 하는 일이란 게 뻔하지 않소? 난 평화주의자라구요.」

콘의 두 눈이 빛났다. 그는 브랜튼을 향해 몸을 돌리며 말을 이었다.

「어젯밤 사건에 대해 얘기하고 있는 거요, 닥터. 알고 있소?」

브랜튼이 고개를 끄덕여 보였다.

「당신이 이제껏 이 도시의 평화를 지키기 위해 노력해 왔다는 사실은 물론 잘 알고 있소, 징기스.」

브랜튼이 딱딱한 목소리로 말했다. 보란은 여전히 재킷을 손으로 감싸고 있었다. 그때 안락 의자에 몸을 똑바로 눕히고 긴장을 풀며 보란이 말했다.

「무슨 일이야, 짐?」

「아, 아무것도 아니오. 잠깐 들러 본 것뿐이오. 닥터와 난 여러 번 전쟁과 평화에 관해 얘기를 나눈 적이 있소. 그렇지 않소, 닥터?」

브랜튼의 입이 부자연스럽게 일그러지며 그렇다는 대답이 흘러 나왔다.

「맞소. 그랬었지. 그 말을 듣고 싶었소. 당신은 혹시 죄 지은 일 없소?」

콘이 보란의 귀에 입을 바짝 대고 물었다.

「전혀 없다고 생각되는데요?」

보란이 대답하자 그는 동의의 표시로 어금니를 지그시 깨물었다.

「나도 그럴 거라고 생각하고 있었소. 물론 폭력이란 걷잡을 수 없을 만큼 빨리 확산되는 저주받을 짓이오. 평화로운 마을이라 해도 예외는 아니라오. 순식간에 황폐한 곳으로 변해 버리지. 난 이곳이 그렇게 되는 걸 원치 않소. 젊은 친구, 이 도시에 오래 머무를 생각이시오?」

「곧 떠날 겁니다.」

「내가 혹 도울 일이라도?」

콘이 정색을 하며 물었다. 보란과 브랜튼의 시선이 공중에서 맞부딪쳤다. 브랜튼이 약간 고개를 끄덕이더니 이어 그의 말소리가 들렸다.

「메모지에 적혀 있는 대로만 하게. 고통이 느껴지거든 얼음 주머니로 가볍게 마사지를 하도록. 저절로 떨어질 때까지 반창고는 그대로 놔 둬. 수술한 곳이 곪는 것 같으면 곧 의사를 찾게.」

말을 마친 브랜튼은 구석으로 가 보란의 가방을 갖고 왔다.

「내가 들어다 주겠네.」

「집 뒤쪽에 차를 대기시켜 놓았소.」

콘이 앞장서서 안내하며 말했다. 보란이 그 뒤를 바짝 따랐다. 그는 얼굴이 찢어지는 듯한 통증을 느꼈다. 브랜튼이 보란을 부축하며 로비까지 따라 나왔다. 그는 커다란 선글라스를 보란에게 내밀었다.

「이걸 쓰게. 자네의 수술 자국이 감춰질 거야.」

보란은 그것을 받으며 작은 소리로 물었다.

「저자를 믿어도 될까?」

「나도 모르겠어. 이상한 친구야. 아직 제대로 파악을 못 했어. 그렇지만 그는 자네가 누군지 알고 있는 것 같아.」

「나도 그런 생각이 들어. 알았어. 내가 판단하겠네. 고마워, 짐. 자네 말은 명심하겠네.」

둘은 문간에서 잠시 멈춰 섰다. 콘은 벌써 차의 뒷문을 열어 놓은 채 기다리고 있었다. 보란은 친구의 손을 잡으며 진심으로 말했다.

「짐, 얼마나 고마운지 모르겠네…….」

「몇 년 전에도 그런 말을 하더니. 참, 저 징기스에게서 눈을 떼지 마. 아직 그의 본심을 모르니까.」

「콘이란 친구 괜찮은 자 같은데?」

보란은 친구의 손을 놓고 가방을 집어 든 채 차 쪽으로 다가갔다. 콘이 가방을 받아 차의 뒷좌석에 놓았다. 보란은 경찰차의 앞좌석으로 오르며 친구를 향해 손을 흔들었다. 콘이 시동을 걸었다.

「어디로 가겠소?」

그가 조용히 물었다.

「그건 당신에게 달려 있소. 이 도시는 점차 바람직하지 못한 방향으로 변해 가는 것 같소이다, 서장!」

「나도 어쩔 수 없는 일이오.」

콘은 한숨을 내쉬며 액셀러레이터를 힘껏 밟았다. 보란은 망치에 얻어 맞는 통증을 느꼈다. 그는 간신히 눈을 들어 창 밖의 풍경을 바라보았다. 커다란 차가 서서히 움직이더니 뉴 호라이슨 가를 벗어나고 있었다. 뉴 호라이슨 가는 활동적인 인간이 살 곳이 못 되는 것 같았다. 그는 앞으로 일어날 일이 조금씩 걱정

되었다.

「시내를 벗어나면 당신을 내려 주겠소. 그 다음부턴 당신이 어디로 가든 상관하지 않겠소. 원한다면 지옥에라도 가시오. 당신을 따라다니는 모든 불행을 짊어지고 말이오.」

「그건 걱정 마시오. 내가 있는 곳이 바로 지옥이니까.」

보란이 짧게 대꾸했다.

「내 생각엔 당신 스스로가 지옥으로 만들고 있는 것 같소.」

「나도 그렇게 생각하고 있소.」

경찰차가 뉴 호라이슨의 뒤쪽을 돌아 가로수가 죽 늘어서 있는 도로로 접어 들었을 때, 흰 크라이슬러 차가 기다렸다는 듯이 차도로 뛰어들더니 그들의 앞을 가로막았다. 또 다른 차 한 대가 그들의 뒤 약 50야드쯤 되는 길목에 나타나는 것이 백미러를 통해 보였다. 콘은 요란스런 소리를 내며 차를 급정거시켰다. 브랜튼의 병원 맞은편 이층 집에서 뛰어나온 사내들이 잔대를 가로질러 달려왔다. 그들의 손에는 무기가 들려 있었다.

「망할 놈의 브래독!」

콘은 이를 갈았다. 보란은 어느새 재킷 속에서 권총을 꺼내 들고 있었다.

「저들은 경찰이 아니오!」

보란은 소리치며 좌석에 몸을 깊숙이 파묻었다. 차가 급정거하는 바람에 얼굴이 심한 충격을 받았기 때문이었다. 그 충격은 무서운 통증을 몰고 왔다. 그는 잠시 동안 통증을 참기 위해 눈을 감고 그대로 있었다.

콘의 오른손이 권총집을 여느라고 바쁘게 움직였다. 크라이슬러의 뒷유리창이 깨지며 자동 기관 단총이 나타났다. 동시에 날카로운 금속성의 목소리가 날아 왔다.

「우리가 잘 볼 수 있는 장소에 손님을 내려놓아! 천천히 두 손을 들고 나와!」

보란은 콘을 한 번 쳐다본 다음 문을 열려고 손잡이를 잡았다.

「제 발로 걸어 나가려는 건 아니겠지, 젊은 친구!」

콘이 쉰 듯한 목소리로 추궁했다.

「아멘!」

보란이 짓궂게 웃었다. 콘은 문이 열리도록 놔두고 그대로 차를 몰았다.

「저 차의 옆구리를 받겠어!」

콘은 보란 쪽으로 몸을 기울이고 발로 액셀러레이터를 힘껏 밟았다. 큰 차는 거칠게 회전하면서 길 위로 튀어올랐다. 캘리버 50의 탄환이 유리창을 두들겨 댔다. 차의 유리가 산산히 부서지며 튀었다.

「조심하시오!」

경찰차로 크라이슬러 차를 들이받으며 콘이 외쳤다.

잠시 기관 단총의 툭툭 끊기는 듯한 발사음이 멈췄다. 보란의 몸은 반쯤 차에서 밀려 나와 있었고 콘은 부서져 내린 유리창을 통해 총을 쏘고 있었다. 뒤쪽에서 다시 총소리가 나며 차 한 대가 달려 나왔다. 콘이 신음 소리를 냈다.

「제기랄, 맞은 것 같아!」

보란은 다리를 끌어안고 차 밑으로 몸을 굴려 두 차의 바닥을 통해 크라이슬러에 올라 탔다. 그때 이마에 피를 흘리며 운전석에서 기어나오던 키 큰 사내가 그와 마주쳤다. 사내가 보란을 향해 발길질을 하려는 찰나 보란의 총알이 사내의 놀란 입 속으로

쑥 들어가 박혔다.

기관 단총을 든 마피아의 행동 대원이 입에서 피를 쏟아 내며 앞으로 고꾸라지고 있었다. 보란은 한 손으로 그 무거운 총을 들어 올리려고 애를 썼다. 그는 자신의 작은 권총을 버리고 바닥에 떨어져 있던 기관 단총을 집느라고 조금 지체했다.

콘은 경찰차 앞자리에 앉아 뒤쪽을 돌아보며 간헐적으로 총을 쏘고 있었다. 잔디밭을 가로질러 오던 두 사내는 보란으로부터 약 30피트쯤 떨어진 나무 숲 뒤에 몸을 숨기고 있었다. 그 중 한 사내가 뒤쪽 자동차에 총격을 가하라는 지시를 하고 있었다. 보란은 자동 기관 단총을 들어 그들의 차에 마구 쏘아 댔다. 차 뒷부분이 폭발했을 때 미처 빠져 나오지 못한 사내 하나가 괴로워하고 있는 모습이 똑똑히 보였다.

「빙고!」

콘이 크게 소리치며 나무 뒤를 향해 무차별 사격을 가했다. 보란은 무거운 기관 단총을 버리고 권총을 집어 들었다. 그가 차 밖으로 나오자 두 사내는 방해물을 걷어 차며 집 쪽으로 도주해 가고 있었다. 보란은 콘이 그들의 뒤를 쫓는 것을 보았다.

권총 소리에 다시 고개를 돌려 보니 도망치던 두 사내 중 하나가 피를 흘리면서 바닥에 나뒹굴고 있었다. 다시 한 번 총소리가 나자 나머지 한 명도 공중으로 가볍게 떠올랐다가 그대로 땅에 곤두박질쳤다. 콘이 발길을 돌려 맥 보란에게로 달려왔다. 그의 총구에선 아직도 연기가 피어 오르고 있었다.

보란도 총에 새 탄창을 끼워 넣으며 서장에게로 다가갔다.

「굉장한 솜씨였어요. 평화를 원하는 서장님!」

콘은 빙그레 웃으며 총격 현장을 둘러보았다. 그의 카키색 상의 오른쪽이 피로 흥건히 젖어 있었다.

「심하진 않습니까?」

보란이 그에게 물었다.

「그렇게 심하진 않소. 브랜튼 박사에게 가서 봐 달라고 해야겠는걸. 저 크라이슬러를 이용할 수 있을까?」

콘이 경찰차를 살펴보며 말했다.

「괜찮은 생각이오.」

보란이 대답했다.

「이제 당신은 당신 갈 길로 가시오. 1분간의 여유를 주겠소. 그때에도 내 시야에 보인다면 당신을 쏠 수밖에 없겠지. 그리고 또 한 가지 명심할 것이 있소. 다시 이 도시에 나타난다면 당신은 죽은 목숨이 될 것이오.」

그는 차에 몸을 기댄 채 무전기를 찾기 위해 손을 더듬거렸다.

「난 솔직히 당신의 활약에 성원을 보내고 있소. 그러나 이 말은 안 들은 걸로 해주시오. 아무래도 당신의 장래에는 기대를 걸 수가 없소, 젊은 친구.」

보란은 뒷좌석에서 가방을 집어들면서 「고맙소.」라고 짧게 인사를 했다. 가방을 크라이슬러 뒷좌석에 던져 놓고 그는 그 차를 경찰차로부터 조심스럽게 빼낸 후 방향을 돌렸다. 백미러를 통해 짐 브랜튼이 왕진 가방을 들고 경찰차를 향해 뛰어오는 것이 보였다.

보란은 커브길을 돌아 곧바로 나아갔다. 그 큰 차를 몰고 가는 그의 얼굴에 흥분과 고통의 그림자가 다시 찾아왔다. 그는 손을 넣어 셔츠 안쪽 옆구리를 더듬어 보았다. 피가 흥건히 묻어나왔다. 수술 뒤의 후유증에다 잇따라 총상까지 입은 것이었다.

맥 보란은 갑자기 온몸에서 힘이 빠져 나가는 것을 느꼈다. 그는 터져 나오려는 구역질을 참으며 되도록 팜 빌리지에서 멀어지기 위해 신경을 곤두세웠다. 눈두덩에서도 통증이 느껴졌다. 코도 잘려 나가는 듯한 느낌이 들었다. 광대뼈에서는 불이 붙는 것 같았고, 턱뼈에서도 칼로 베는 듯한 아픔이 뒤따랐다. 옆구리에 파고 드는 듯한 고통은 오히려 쾌감처럼 느껴질 정도였다.

그때 죽음의 특공대 대원의 한 사람인 플라워 차일드 안드로메다가 떠올랐다. 그가 한 번은 이런 말을 했었다.

「사는 것 자체가 지옥이야!」

맥 보란은 자신이 지금 어디를 향해 가고 있는지를 깨달았다. 그것은 지옥으로 가는 지평선이었다.

9
자유인

공식적인 보도에 의하면 10월 5일 팜 빌리지에서의 피비린내 나는 접전은 그곳 경찰서장이 동쪽 지구 전체에 도로 차단 명령을 내린 것이 도화선이 되었다고 한다. 그 지시는 불법적이라는 뒷공론도 있었다.

어쨌든 작은 사막 도시는 전 미국 매스컴의 관심의 초점이 되었는데, 그것은 맥 보란이라는 악명 높은 살인마를 잡기 위해 로스앤젤레스 경찰국의 특수대와 LA 마피아 소속의 건달들이 동시에 이 도시로 몰려 들었기 때문이었다.

징기스 콘은 그 도로 차단 명령이 LA의 특별 수사 본부의 팀 브래독 주임의 지휘하에 이루어진 것으로 알았으나, 곧 그것이 보란이란 자를 잡기 위한 마피아의 소행이었음을 눈치챘다고 술회했다. 그러나 기자들의 질문에 콘 서장은 2대의 자동 기관 단총과 그 밖에도 여러 가지 무기를 소지한 8명의 사나이가 어떻게 단 한 명의 손에 의해 모두 살해되었는지는 설명하지 못했다.

「그런 상황에서 다른 생각을 할 여유가 생기겠습니까? 너무나 긴장했던 탓일 겁니다. 나 자신도 겨우 갈비뼈와 긁히는 상처를 입고 그곳을 빠져 나올 수 있었다는 사실을 이해하지 못하고 있습니다.」

기자들 몇몇은 그의 진술을 받아 적으면서 그 사건의 이야기가 자세히 언급되고 있지 않다는 것을 재빨리 알아챘다. 그들은 이번 사건에서 맥 보란이 벌였던 팜 빌리지에서의 첫 번째 싸움과의 유사성을 발견해 냈다. 한때는 평화의 도시로 이름을 날리던 팜 빌리지가 경찰과 갱의 전형적인 충돌의 도시로 변해 버린 것은 이때부터였다.

콘 경찰서장을 선두로 한 세 대의 로스앤젤레스 경찰차가 그 장소를 덮쳐 서적 외판원으로 가장한 일단의 그룹과 격전을 벌였다는 것이다.

「그들이 먼저 총을 쐈습니다.」

LA 특수대의 칼 라이온스 경위가 상황 설명을 계속했다.

「난 그들을 알아 볼 수 없었어요. 아마 그들은 징기스 콘의 응사 소리를 듣고 그들이 맞은 것으로 착각했던 것 같습니다. 그들은 우리를 흩어지게 하려고 꽤 애를 쓰더군요. 차에는 나하고 행크 에드워즈 순경이 타고 있었지요. 타이어가 뒤쪽에서 날아 온 총알을 맞고 펑크가 나는 바람에 우린 당황했어요. 곧바로 차가 구르기 시작했거든요. 그런데 그렇게 된 게 오히려 우리가 살아날 수 있는 원인이 될 줄은 몰랐죠. 우리에겐 고성능 화력이 있었고 인원도 다섯이었죠. 전복된 순찰차가 아주 좋은 방패가 됐어요. 무전기도 망가지지 않았구요. 3명이 그 자리에서 숨지고 한 명은 다리에 부상을 입었고, 다른 한 명은 차에서 뛰어 내려 브래독 주임에게 달려 가다 차가 충돌하는 바람에 죽음을 당했어요. 주임은 어깨만 조금 다쳤을 뿐인데 차에선 무사히 빠져 나올 수 있었죠. 한 사내는 콘이 총을 쏘는데도 계속 도망을 치더군요. 우린 정말 그들이 누구인지 알 수가 없었어요.」

팜 빌리지에서의 이 피의 난동으로 12명의 마피아 행동 대원이 죽고 한 명이 체포되었으며 3명의 경관이 경상을 당하고 2대의 개인 소유 승용차가 약간 긁히는 사고가 있었다. 그리고 2대의 LA 특수대 소유의 차가 전혀 못 쓰게 되었는데 최악의 결과는 아직 접수되지 않고 있었다.

이 도시의 경찰들 대부분이 처음 총격전이 일어난 곳에 모여 있는 동안에 팜 빌리지의 순찰 경관은 어둠 속에서 최신형 링컨 콘티넨털――이 차는 아침 내내 시 주차장에 주차되어 있었다――에 몸을 싣고 있는 한 사내를 발견했다. 그 사내는 방금 전까지 주차장 가까이 있는 공터에 서서 이 차를 넋을 잃고 바라보고 있었기 때문에 의아심을 품게 되었다고 순찰 경관은 말하고 있었다.

「매번 그 차가 오랫동안 주차되어 있는 것을 눈여겨 보았는데 그때마다 다른 차에서 그 사내가 꾸물거리는 것을 보았지요.」

그 순찰 경관이 후에 말하는 것을 계속 들어 보면 이렇다.

「그래서 나는 곧 차에서 나오라고 했지요. 난 그저 그 자의 운전 면허증이나 보자고 그런 건데 그의 얼굴에서 이상한 느낌을 받았어요. 차에서 내린 그가 곧 공격 자세를 취하는 것이었어요. 순간 몸이 꼬이는 느낌과 함께 그자가 내 배를 찼습니다. 잠시 고통이 나를 엄습했지요. 난 팔꿈치로 그를 가격했으나 이미 내 무릎은 바닥에 꿇려 있었어요. 바로 눈 앞에 적의 총이 보였어요. 나는 그가 왜 날 쏘지 않았는지 지금도 전혀 모르겠어요. 총알이 귀를 스쳐가는 소릴 듣고 눈을 감아 버렸지요. 손을 들어 얼굴을 가리면서 총에 맞았구나 하고 생각했지요. 정말 피가 흐르는 것 같았어요. 그러나 곧 내가 무사하다는 것을 깨닫게 됐어요. 눈을 떠보니 사내는 길을 건너 도망치고 있더군요. 로드타운으로 들어가는 골목으로 꺾어지는 것을 보고 난 그의 뒤를 쫓았지요. 그는 구 브라운스 머천타일 건물 안으로 들어가더군요. 빈 상가로 말입니다. 그는 거기서 서적 외판원들과 얘기를 나누고 있더군요. 내가 몇 시간 전에 만났던 사람들과요. 그들은 모두 좋은 친구들이었기 때문에 난 도움을 요청하려고 본부로 달려갔어요. 순찰 경관 중의 한 명인 진 퍼킨스를 찾았지요. 진은 비번이어서 다운타운으로 내려가 쇼핑을 하고 있더군요. 그는 머천타일로, 나는 본부로 각각 향했어요. 서장님을 찾는데 1, 2분이 소요되었어요. 나는 내가 적의 본부를 방문했었다는 것을 깨닫게 되었는데 의사는 내게 가벼운 뇌진탕 증세가 있다고 진단하더군요.」

진 퍼킨스의 설명은 이러했다.

「내가 막 현장에 도착했을 땐 검은 차가 브라운스 머천타일 뒷골목에서 슬금슬금 기어 나오고 있는 중이었지요. 난 사복차림이었지만 리볼버를 갖고 있었어요. 아내는 언제나 그것에 대해 말이 많았지만 경관은 비번일 때에도 경관이거든요. 총을 꺼내 들고 도로로 뛰어 나와 차를 향해 정지하라는 신호를 보냈지요. 그런데 그 차는 방향을 꺾더니 골목으로 사라지는 것이었어요. 앞자리에 두 사내가 앉아 있는 것을 볼 수 있었어요. 공포를 쏘며 멈추라고 소리를 쳤지요. 골목을 따라가며 계속 그랬지요. 그러자 빠른 속력으로 다시 되돌아 나오는 것이 아니겠어요? 그래서 난 피하기 위해 〈알의 술집〉 반대쪽으로 몸을 날렸지요. 골목에서 대략 10피트 정도 떨어진 곳에서 차가 다가오기를 기다렸어요. 먼저 창유리를 향해 한 방을 쏘았더니 곧 응사해 오더군요. 그들은 그곳의 지리를 잘 모르는 모양이었어요. 차를 다시 돌리더니 뒤를 돌아보며 총을 쏘더군요. 나는 벽에다 등을 바짝 붙이고 있었어요. 다시 그들의 모습이 보였을 때 난 건물 구석으로 들어가 숨었어요. 그런데 골목에는 맥주를 나르는 트럭이 짐을 부리고 있었거든요. 사내가 트럭을 치우라고 고래고래 소리치는데도 트럭 운전사는 사내의 말을 무시하고 작업을 계속했어요. 난 그들에게 위협 사격을 계속했구요. 사내가 트럭 운전사를 총으로 때리면서 빨리 돌아가라고 하더군요. 난 대낮에 반 블럭도 채 떨어지지 않은 거리에서 그 광경을 목격했어요. 총을 든 사내가 트럭에 올라 타더니 그들에게 마구 총을 쏘았어요. 그들은 자동 소총도 갖고 있었는데 난 건물 벽에 몸을 숨기고 왼손으로 총을 쏘아댔지요. 전에는 한 번도 왼손으로 사격을 한 적이 없었는데도 행운이라고나 할까요, 그게 되던데요. 난 맥주 트럭의 바퀴 옆에 서 있던 사내를 향해 집중 사격을 하고 있었어요. 그때 존 트라돌리노라는 노인네…… 그는 남쪽의 주택구에 살고 있었는데 그는 매일 그 시간이 되면 차가운 맥주를 마시려고 로드타운으로 내려 오곤 했어요. 〈알의 술집〉 가까이에 있는 세컨드 스트리트에 차를 세워 두고 그 술집으로 들어가 게임을 즐기기도 하죠. 그 노인네가 나타난 거예요. 그는 사태를 파악하고는 차문을 열어 둔 채 차를 몰아 골목으로 들어오려고 했어요. 마치 모험심에 불타는 10대 소년처럼 말이에요. 존은 차에서 뛰어 내려 느린 걸음으로 골목을 향해 걸어가는 것이었어요. 그러나 그는 총에 맞았는지 빌리지 빵집의 담벼락에 머릴 처박더니 그 자리에서 죽어 버렸어요.」

여기까지 말하고 난 진은 한숨을 내쉬었다. 그는 이마의 땀을 닦고는 계속 말을 이었다.

「검은 차의 사내들은 경찰차의 사이렌 소리가 들리자 그때서야 차를 버리고 브라운스 머천타일의 뒷문 쪽으로 흩어져 달아나더군요. 내 생각에는 아서라는 순찰 경관이 날 도우러 온 것 같았어요. 그때 그는 나의 구세주였지요. 정말 이 자리에서도 그렇게 말할 수 있습니다. 길 한가운데로 나와 보니 주민들이 무슨 일인가 보려고 다 나와 있더군요. 사람들이 방해가 되긴 했지만 난 몸을 숨기며 머천타일 건물 입구로 향해 갔어요. 사내의 머리 하나가 벽 모서리에 나타나자 즉시 쏴버렸어요. 그러나 총알이 빗나가 그가 서 있는 뒤의 유리창에 맞고 말았는데 효과는 그게 더 컸어요. 그 사내는 경찰이 사방에서 자신을 포위한 것으로 알더군요. 그는 곧 건물 안으로 사라져 버렸는데 난 그 자리에서 이제 그들이 어떻게 나올 것인가에 대해 생각할 여유까지 갖게 되었지요. 그리고 서장과 특수대가 도착하고 그들은 모두 사살된 겁니다. 우린 사실 그들의 죽음을 원치 않았습니다만…….」

10월 5일의 로드타운 거리는 볼 만한 구경거리였다. 빌딩마다 불이 붙어 마치 축제의 불기둥을 연상시켰다. 불은 브라운스 머천타일 건물의 상가에서 옮아 붙었는데 위기에 몰린 마피아들이 도망갈 구멍을 만들기 위해 즉, 사람들의 신경을 다른 곳으로 쏠리게 해놓고 달아나려는 의도에서 불을 지른 것이었다. 그러나 그들 역시 건물 뒤쪽 출구 근처에서 불에 타 죽은 시체로 발견되었다.

한편 로드타운 거리에서는 경찰과 차에 탄 2명의 마피아간에 총격전이 계속되고 있었다. 그러나 이 싸움도 팀 브래독 주임이 재빨리 병력을 증원해 줌으로써 서서히 사그라들고 말았다.

브래독은 이곳에서 활동했던 마피아 단원 중 한 명이 〈변태 루이〉라고 불리는 루이 페나란 사실과 그가 디조르쥬 가문의 행동파로 오래 전부터 지목되어 온 자라는 것을 알아냈다. 그러나 그의 시체는 찾을 수가 없었다. 아무튼 이 교전에서 그의 부하 3명이 부상당했는데 한 명은 중상이고 다른 한 명인 인디언 조는 탄환이 너무 깊이 박혀 그만 죽고 말았다.

마피아가 탈출할 때 요긴하게 사용했던 2대의 차는 이 시의 교외에서 버려진 채로 발견되었다. 차 안에는 마른 핏자국이 남아 있었다. 그들도 총에 맞은 것이 분명했다.

몇 시간 후 로드타운의 불길이 거의 잡히고 잿더미 속에 그 흔적만이 남았을 때쯤 징기스 콘은 짐 브랜튼에게 이렇게 털어 놓고 있었다.

「그건 필연이었소, 닥터. 당신 친구 보란은 이 도시가 꼭 필요로 했던 정화제가 된 거요. 내 역할 역시 그렇소. 내 재산과 내가 소중히 여기던 모든 것이 불에 타버렸으니……. 그러나 난 실망하지 않소. 당신이 다시 그 친구와 만날 기회가 있으면 내 말을 그대로 전해 주기 바라오.」

「그렇게 전하지요. 그를 다시 만날 수만 있다면…….」

브랜튼이 말했다.

칼 라이온스 경위와 로스앤젤레스로 돌아온 팀 브래독 주임은 전과는 아주 다른 견해를 보였다.

「그 보란인지 뭔지 하는 친구가 가져다 준 재앙이 얼마나 황당한 것인가를 자네도 보았지. 다시는 이런 어처구니없는 소식이 들리지 않도록 해야 돼. 그자가 자기 마음대로 이 거대하고 조직력 있는 도시를 바다 속으로 쓸어내 버리지 않도록 보란을 잡아야 한다구. 그가 모든 것을 망쳐 놓기 전에 그를 잡아야 돼.」

「정말 부끄러운 일입니다.」

라이온스가 기죽은 목소리로 말했다.

「뭐라구?」

「정말 부끄럽습니다. 그 보란이란 녀석이 우리 측의 투망에서 유유히 빠져 나간 사실을 생각하면요.」

라이온스의 목소리가 차차 커졌다.

「누구의 실수였나?」

브래독은 화가 치미는 걸 억누르며 물었다.

「그건 우리 모두의 실수였습니다. 주임님과 저 그리고 존과 제인, 우리들처럼 융통성 없는 시민들……. 보란의 재앙 그 자체는 아닙니다, 주임님. 북극이 우리 지구의 한계점이란 평범한 생각은 사라지고 있어요. 주임님이 날 죽여서 위안을 얻을 수 있다면 총을 쏴도 좋습니다. 그러나 주임님과 내가 충실한 경찰이었다는 것은 부인할 수 없을 겁니다. 보란은 파괴를 즐기는 자가 아닙니다, 주임님. 그는 고발하고 있는 것입니다. 우리를, 우리 사회를, 부조리를 말입니다. 늘어나는 부패와 갈등…….」

「그만해 둬!」

「아직 끝나지 않았습니다.」

라이온스가 침착하게 말했다. 잠시 침묵이 그들 사이를 가로

막았다.

「자넨 해고야, 칼! 난 자네의 개인적인 의견엔 이의가 없어. 내 말은, 그러니까 자네의 말뜻을 이미 알고 있다는 뜻이야. 그런 감정들은 우리의 사기를 저해시킬 뿐이라구! 자넨 오늘밤으로 해고된 걸세.」

「감사합니다. 그러나 절차는 불필요한 형식인 것 같은데요. 어쨌든 우린 다시 보란을 볼 수 없을 것입니다.」

「어떻게 그걸 아나?」

주임이 의아한 얼굴로 물었다.

「나도 어떤 이유가 있어 말씀드린 것은 아닙니다. 증명해 보여드릴 수도 없습니다. 우린 이미 우리의 끝장을 본 셈입니다. 전 우리의 특수 조직이 와해됐다고 생각해요.」

브래독은 언짢은 듯 몸을 움찔거리며 시거를 집었다. 그는 이를 갈았다.

「보란이라는 놈이 저 철창 속에서 찔찔 짜든지 내가 경찰 배지를 강물에 던져 버리든지 사생 결판을 내겠다!」

라이온스는 자동차에 속력을 가해 앞을 향해 달려갔다.

「아! 이제 나는 자유다. 내가 옳다고 생각하는 것을 이제는 큰소리로 떠들 수도 있다. 난 이것이 끝이라는 것을 확신한다!」

어느 면에서는 칼의 말이 맞았는지도 몰랐다. 팜 빌리지 사건은 맥 보란에게 있어 하나의 전환점이 되었으니까. 그것은 변신이었다.

맥 보란은 이제 마스크를 쓰고 다시 마피아의 내부를 향해 위협적인 도전장을 디밀려는 참이었다. 그는 줄리앙 디조르쥬의 가문으로 잠입할 것을 결심했다.

10
가면 뒤의 얼굴

팜 빌리지 사건으로부터 열흘이 지났다. 여전히 루이 페나는 그 사건 이후로 줄리앙 디조르쥬의 팜 스프링스에 모습을 나타내지 않고 있었다.

10월 5일 저녁, 고통으로 얼굴이 일그러진 윌리 워커가 짤막한 메시지를 전했다.

「루이의 연락입니다. 그는 보란의 머리 없이는 결코 돌아오지 않겠다고 전하라던데요?」

디조르쥬는 그 후 며칠 동안을 경호원의 수를 두 배로 늘린 채 숨어 있었다. 10월 10일이 되자 그는 이제 거의 몸이 회복된 워커를 불러 팜 빌리지 사건의 내막에 대해 다시 물었다.

「아마 그자도 죽었을 거야.」

얘기를 다 듣고 난 디조르쥬는 이렇게 결론을 내렸다. 카포다운 생각이었다.

「시체를 찾지는 못했지만 그놈도 틀림없이 죽었을 거라구. 경찰도 그런 생각으로 마음을 놓고 있겠지? 이젠 우리를 쫓는 일에 전력 투구를 할 수 있게 된 거야.」

「글쎄요. 제가 알아 낸 바로는 보란은 그 마을에 없었어요. 줄리오의 차를 찾았는데 보란은 필시 그 차를 버리고 또 다른 차를 타고 도망간 것 같습니다. 우리가 그걸 찾아낼 동안 그가 그 주위에 있지 않았다는 것은 분명합니다.」

「보란에 대해 이제 그만 말해! 그가 무슨 짓을 했든 안 했든 그 따위 소린 그만두라구. 자신이 꽤 영리한 놈이라고 생각하고 있겠지? 윌리, 애들을 몇 명 데리고 팜 빌리지로 가서 그럴듯한 것이라면 뭐든지 쓸어와. 거기서 무슨 행동을 하든 난 상관 않겠지만 반드시 의문점들은 해결해 갖고 와야 해. 난 보란이 죽었는지 살았는지 그걸 알고 싶단 말이야! 이봐, 내 말 알아듣겠나?」

「알겠습니다, 디스!」

날이 지나면서 차차 디조르쥬의 마음은 안정을 되찾아갔다. 10월 12일에는 비밀리에 전용 비행기를 몰고 아카풀코로 날아가 유쾌한 휴일을 보내고 멕시코의 마피아 연합회가 주최하는 긴급 사업 회의에도 참석하였다.

그 회의의 중요 논제는 멕시코와 미국의 국경 지대가 강화되면서 마약 밀매 루트가 드러날 위험에 처했으며, 수백만 달러가 걸려 있는 이 사업에 방해물이 되고 있는 그 요인을 어떻게 제거하느냐 하는 것이었다.

샌디에이고를 경유해서 돌아오는 길에 디조르쥬는 앤소니와 간간히 이야기를 주고받았다. 앤소니 쿠팔레토가 정식 이름인 이 사나이는 캘리포니아 주 경계선 부근을 장악하고 있는 카포

이 사나이는 캘리포니아 주 경계선 부근을 장악하고 있는 카포로서 〈토니 데인저〉란 별명을 갖고 있었다. 디조르쥬는 멕시코산 헤로인과 마리화나에 대한 기득권을 독점하기 위해 앤소니와 손을 잡은 것이었다.

앤소니가 보란의 활동 상황에 대해 조심스럽게 물어 오자 이 마피아의 보스는 그 망할 놈의 보란이 죽었을 거라는 의견을 표명했다. 그리고 디조르쥬는 앤소니에게 그 유령 같은 존재에 대해 걱정하고 있을 시간에 국경 수비대가 어떤 움직임을 보이고 있는지에 대해 연구하는 편이 훨씬 나을 것이라고 충고하는 걸 잊지 않았다.

「연방 정부에선 우리에게 충분한 압력을 가하고 있다고 믿고 있는 모양인데 진짜 압력이 어떤 것인가를 당신이 보여 주라구. 도덕이란 국경 너머 다른 땅에서나 필요한 것이라는 사실을 말이야. 국경 근처에 조무래기들을 풀어서 상황을 계속 얽히게 만들어. 그 동안 우리는 선박 편으로 들어갈 테니까.」

팜 스프링스로 돌아온 디조르쥬의 머릿속은 제2인자를 선정하는 문제로 복잡해져 있었다. 9월에 보란에 의해 에밀리오 지오르다노가 당한 뒤로 아직도 그 자리는 공석중이었으나 부두목이 될 만한 재목은 쉽게 나타나지 않았다.

그런데 보란이 이번에도 가장 가능성이 많은 제2인자감을 저꼴로 만들어 버린 것이다. 디조르쥬는 초조했다. 잘못하다간 이 문제 때문에 마피아 내부에서 암투가 벌어질지도 모르는 일이었다.

코사 노스트라에서 그 서열에 든다는 것은 부와 권력을 동시에 얻을 수 있다는 뜻이었다. 이미 이 가문은 연방 정부의 행정

관리들 사이에 〈눈에 보이지 않는 제2의 정부〉라고 통칭되고 있을 만큼 대단한 세력을 구축하고 있었던 것이다.

마피아 조직에 대한 보란의 일격은 생각보다 큰 피해를 조직에 안겨 준 결과가 되었다.

간혹 경찰에 체포를 당하는 인물이 생기긴 해도 그의 조직 내의 서열에는 변동이 없었다. 그들은 안으로 굳게 결속되었기 때문에 여간해서는 흔들리지 않았다. 간혹 가문끼리의 분쟁이 일어나면 마피아의 카포들이 모여 재판을 열게 된다. 디조르쥬의 경우 30년대에 있었던 코사 노스트라 가 내의 대 암투 이후로는 지금까지 그런 재판이 열리는 걸 보지 못했었다. 그런데 지금 그 놈의 보란 때문에 그런 유의 마찰이 생길까 봐 디조르쥬는 전전긍긍하고 있었다.

사태는 점점 악화되고 있는 것 같았다. 디조르쥬의 생각이 그의 심복인 행동 대장 루이 페나에게 미치자 자신도 모르게 쓴웃음이 나왔다. 그는 페나가 능력 있는 행동 대원으로서 조금도 손색이 없다고 보아 왔었다. 그는 충성심이 지극해 목숨까지도 불사하는 타입이었다. 그러나 그는 부두목이 되기에는 좀 모자라는 인물이었다. 디조르쥬는 갑자기 자신이 홀로 버려져 있다는 생각에 몸을 떨었다. 마피아 조직은 안으로 수년 내에는 새 단원을 뽑지 않기로 했었다. 따라서 조직 내의 서열은 젊은 혈기가 부족할 수밖에 없었다. 젊은 애들이 절실히 필요했지만 그렇다고 아무에게나 부두목 자리를 물려 줄 순 없었다.

디조르쥬는 회의를 통해 뽑기로 마음먹고 몇 명의 이름을 리스트에 올렸다. 귀미셔너라는 약칭으로 불리는 이 회의는 국제 코사 노스트라 운영위원회라는 정식 명칭 아래 조직 내의 모든 문제를 해결하는 기능을 갖고 있었다. 그러나 카포인 그는 여전히 그 문제로 골머리를 앓아야 했다.

10월 15일에는 팜 스프링스에서 디조르쥬가 주최하는 리셉션이 있었다. 완전하게 무장된 6대의 캐딜락이 비밀 주차장에 숨겨져 있었다. 26명의 위원들을 맞아 들이는 역할을 맡은 단원은 〈긴 머리의 병사〉로 알려진 리틀 존이었다. 내로라 하는 인물들이 속속 모여드는 바람에 얼떨떨해진 존은 디조르쥬에게 더듬거리며, 페나의 소식은 아직 없고 이틀 전에 떠난 윌리 워커에게서도 연락이 없었다고 전했다. 행동 대장들이 모두 리셉션에 참가하는 바람에 저택에는 경호원들만 남아 있었다. 디조르쥬는 즉시 필립 마라스코——그의 별명은 허니였다——에게 그들을 통솔하도록 지시했다. 그는 현재 42세로서 지난 멕시코 여행 때도 카포를 수행했던 경호원이었다.

디조르쥬는 지금까지 아무도 집에 초대하지 않았었는데 최근 풀장 옆 파쇼(스페인 식 집의 안뜰)에서 프랭크 램브레터란 사내와 대면하게 되었을 땐 깜짝 놀랐다. 풀장과 파쇼는 이 팜 스프링스 별장의 비밀스런 장소였는데 거기에 낯선 사내가 와 있었던 것이다.

그곳은 몇몇 특수한 사람을 제외하고는 출입이 금지된 장소였는데, 딸 안드레아 디조르쥬 다고스타가 마피아의 건달들이 출입하는 것을 싫어했기 때문에 디조르쥬가 그녀를 위해 특별히 지어 준 별장이었다.

안드레아는 아빠인 디조르쥬가 하는 일과 그의 권력을 잘 알고 있었다. 그러나 이 부녀는 디조르쥬가 코사 노스트라의 보스로 부상되고 난 다음부터는 한 집에서도 얼굴을 마주치는 일이

드물게 되었다.

디조르쥬는 비버리 힐스에서의 사고 이후 딸이 대낮에는 늘 풀장 옆에서 지낸다는 사실을 알았다. 그 사건은 자존심 강한 디조르쥬의 입에서 〈깨진 병에라도 엎질러진 술을 다시 담았으면 좋겠다〉는 말이 나오게 했을 정도로 마피아가 크게 당한 사건이었다.

디조르쥬가 그때 깜짝 놀랐던 이유는 풀장의 풍경——안드레아가 그 우윳빛 피부 위에 아슬아슬한 비키니 팬티만 걸친 채(물론 위는 안 입었다) 역시 벗다시피한 사내 하나와 히히덕거리고 있는 모습 때문이었다.

「이런 버릇 없는 계집애가 있나!」

사내가 입고 있는, 물에 젖어 몸에 꼭 붙은 팬티가 눈에 들어왔다. 그는 푸른색 플라스틱 매트 위에 반듯하게 누워 있었다. 안드레아, 그녀는 겨우 치부만을 가린 채 사내의 몸 위에 엎어져 있었다. 그녀는 고개를 들어 디조르쥬를 바라보며 외쳤다.

「아빠! 그렇게 갑자기 나타나면 어떡해요?」

「목을 비틀어 버리기 전에 빨리 내려오지 못하겠니? 어서 옷을 입어!」

디조르쥬가 황급하게 다그쳤다. 그러나 이 말은 딸을 더욱 흥분하게 할 뿐이었다. 그녀는 고집스럽게 버티었다.

「아빠가 고개를 돌리실 때까지! 움직이지 않을 거예요!」

「좋아, 알았어! 제 몸뚱이는 망나니 녀석에게 굴리면서 아빠에겐 머리를 돌리라니!」

그는 화가 나 어쩔 줄 몰라하면서 부들부들 떨고 있었다. 그의 발 밑에서는 빨강과 파랑 무늬가 든 비닐 공이 구르고 있었다.

다.

「그 망나닌 누구냐?」

그가 발로 공을 차면서 물었다.

「아빠, 왜 흥분하시는 거예요? 그리고 프랭크는 망나니가 아니란 말이에요. 우린 곧 결혼할 거예요. 사실…….」

그녀의 목소리가 사그라들었다. 비키니를 제대로 입으려고 몸을 숙인 때문이었다. 키가 자그마한 이 젊은 과부는 몸무게가 100파운드나 나갈 것처럼 보였다. 그녀는 외모에 그다지 자신이 없었기 때문에 대신 미끈하고 육감적인 몸매로 가꾸기 위해 특별한 이탈리아 식 다이어트를 하고 있었다.

순식간에 망나니로 오해를 받은 그녀의 파트너는 〈우린 곧 결혼할 거예요〉라고 그녀가 소리쳐도 전혀 동요의 빛이 없었다. 그는 매트 위에서 천천히 몸을 일으켜 바닥에 떨어져 있던 바지를 입고 안드레아를 향해 희미한 미소를 던졌다. 그리고는 디조르쥬에게 서슴없이 다가가 자신을 소개하는 것이었다.

「프랭크 램브레터라고 합니다. 디조르쥬 씨.」

디조르쥬는 실눈을 뜨고 상대를 뚫어져라 노려보았다. 키가 크고 온몸이 근육질인 사내였다. 나이는 33살 전후로 보였다. 제법 잘생긴 외모에 플레이 보이 기질도 엿보였다. 둘 사이에 팽팽한 긴장감이 감돌고 있었다.

디조르쥬는 딸의 무분별한 행동이 전혀 마음에 들지 않았다. 그는 욕설을 퍼부으며 남자의 얼굴을 손등으로 갈겼다. 키 큰 사내는 분명 상대의 손이 올라오는 것을 알았으면서도 피하지 않았다. 사내의 얼굴에 손자국이 선명하게 드러났다. 잠시 그의 눈에 불꽃이 튀었으나 그는 참아냈다. 사내가 입을 열었다.

「분명히 말해 두겠는데, 그 손이 자유로운 건 이번뿐이오. 처음이자 마지막이란 말이오. 내 충고를 잊지 마시오.」

「뭐라구? 이놈이!」

디조르쥬가 내뱉었다. 그 광경을 보고 있던 안드레아의 눈에서도 불꽃이 튀었다.

「아빠, 나빠요! 아빠 싫어!」

그녀는 기어이 울음을 터뜨렸다.

「이렇게 순진한 사람을 아빠는 아빠가 늘 상대하는 깡패나 불량배들처럼 취급을 하다니…….」

화가 치밀 대로 치민 디조르쥬의 손이 이번엔 그녀를 향해 날아갔다. 그녀는 재빨리 뒤로 물러섰다. 어느새 램브레터라는 사내의 손이 늙은 디조르쥬의 손목을 단단히 잡고 있었다. 늙은이의 손이 마른 나뭇가지처럼 바르르 떨렸다.

두 사람의 시선이 순간 마주쳤다. 그들 사이의 긴장은 램브레터가 먼저 입을 열면서 깨졌다.

「딸에게 사과하시오, 디스.」

「저년의 머리를 박살내 버리겠다!」

디조르쥬가 화를 폭발시켰다.

「어서 당신이 잘못했다고 말하시오!」

램브레터는 상대의 다른 한쪽 손목도 잡으면서 말했다.

「이 손 놓지 못해!」

「난 당신을 저 물 속으로 처박아 버릴 수도 있소. 제발 그 바보 같은 생각일랑 집어 치우시오.」

그는 디조르쥬의 손목을 놓아 주며 안드레아를 돌아보았다. 그리고는 한 걸음 물러서며 분노로 인해 새하얘진 그녀의 얼굴을 보며 희미한 미소를 지었다.

「이것 봐, 젊은 친구! 지금 자네는 누구에게 명령하고 있나? 이 촌뜨기야!」

디조르쥬가 소리를 질렀다. 램브레터는 그런 말이 나올 줄 알았다는 듯이 머리를 끄덕이며 말했다.

「물론이죠. 내가 누구하고 마주하고 있는지 잘 알지요. 자, 이제 슬슬 수영을 즐기실 준비나 하시지요, 디스.」

디조르쥬는 처음 보는 사내가 〈디스, 디스〉 하고 자신의 이름을 부르는 것을 의아하게 생각하고는 조금 부드럽게 물었다.

「내 이름이 디스라는 것은 어떻게 알았나? 자네 이름이 뭐라고 했지?」

안드레아는 그들의 수작을 바라보고 있다가 울먹거리기 시작했다. 디조르쥬는 짐짓 화난 듯한 눈빛을 보내면서 술잔을 번쩍 들어 올렸다.

「아, 안드레아! 내 딸, 이리 와, 이리 가까이!」

그녀는 아빠의 내밀어진 팔 안으로 뛰어 들며 얼굴을 어깨에 파묻고 울기 시작했다. 키 큰 사내는 다시 매트로 돌아가 그 위에 걸터 앉았다. 그리고는 대리석 바닥에 놓여 있는 공들을 발로 굴렸다. 그는 담배를 피우면서 양말과 구두를 신고 있었다. 부녀는 다정하게 서로의 허리에 팔을 두른 채 그에게로 다가갔다.

「너무 갑작스런 일처럼 생각되는구나.」

디조르쥬가 딸을 바라보며 하는 말이었다.

「자네 이곳에 와서 자주 놀았나?」

디조르쥬는 선보드를 슬쩍 건드리며 말을 이었다.

「아무튼 이 불쌍한 딸년을 즐겁게 해준다니 고마운데, 언제

결혼할 작정인가? 언제부터 이렇게 굉장한 사이가 된 건가, 응?」

램브레터를 대신해서 안드레아가 재빨리 대답했다.

「아직 날짜를 정하지는 않았어요, 아빠!」

「빨리 서두르렴! 내가 놀라도록 말이야. 아깐 정말 기절할 지경이었어.」

디조르쥬는 짐짓 말을 꾸몄다. 램브레터는 입에 담배를 문 채 미소를 지으며 자리에서 일어났다. 그는 셔츠를 걸치고는 그 늙은 사내에게 손을 내밀었다.

「하, 앞으로 장인이 될 사람과의 악수라!」

디조르쥬는 램브레터의 손목을 잡고 껴안으며 뺨에 쪽 소리가 나도록 키스를 했다. 안드레아는 킥킥거리며 문 쪽으로 달려 갔다.

「옷을 갈아 입어야겠어요!」

디조르쥬는 딸의 모습이 보이지 않게 되자 미소를 거두고 램브레터라는 사내에게 밀착시켰던 몸을 떼내었다. 그의 눈초리가 갑자기 사나워지더니 음산한 어조로 사내에게 충고하는 것이었다.

「자네가 내 사위가 되겠다구? 자네를 좀더 가까이 두고 살펴야겠어.」

맥 보란은 램브레터의 가면 뒤에서 여유 있게 웃으며 대꾸했다.

「얼마든지 좋습니다. 장인 어른!」

11
파 문

마피아 내부에도 다른 어느 조직과 마찬가지로 그 나름의 특이한 전통적 관습이 있었는데 그것은 서로의 프라이드와 프라이버시에 대해서는 절대 간섭하지 않는다는 것이었다. 그렇기 때문에 아무리 카포라 해도 신출내기 마피아 단원의 사생활을 간섭하는 일은 없었다. 그리고 그들은 어떠한 경우에도 서로의 아내를 범하지 않았다. 혹 자신이 원하는 여자의 남편이 죽었더라도 그렇다. 맥 보란은 이런 그들의 야릇하지만 결코 무너지지 않는 의무 조항을 알고 있었다.

물론 그는 줄리앙 디조르쥬 앞에서 그들의 오랜 전통적 관습에 대한 불경과 동정의 감정을 일부러 드러낼 생각은 없었다. 카포나 그 밖에 영향력이 있는 마피아 단원들의 아픈 곳을 건드려 이득될 것은 아무것도 없었기 때문이었다. 보란은 아차 하는 생각이 들었으나 나중에야 어떻게 되든 현재로서는 조금 전과 같은 식의 자기 소개 방법보다 더 좋은 생각이 달리 없었다고 스스로를 위로하는 수밖에 없었다.

안드레아는 상체의 곡선이 그대로 드러나 보이는 블라우스와 화려한 무늬의 스커트를 입고 디조르쥬가 다른 쪽 문으로 사라지자 곧 안뜰에 다시 나타났다. 그녀는 프랭크 램브레터 앞에서 부끄러운 듯 고개를 숙이며 말했다.

「바보 같아요, 아빠는. 용서를 해주시는 거죠?」

「나와 비슷한 데가 많은 분이더군. 내가 할 수 있는 일이라면 그 분도 할 수 있겠지?」

가면 속의 보란이 미소를 띠며 말했다. 그녀는 숨이 넘어갈 듯이 웃어댔다. 계속 시선을 보란에게서 떼지 않은 채 그녀는 의자에 조심스럽게 걸터 앉았다.

「사과하고 싶어요. 그리고 고맙다는 말두요. 결혼 얘기를 꺼낸 것 말이에요. 아빠의 기분을 상하게 하려는 마음에 그만……. 만약 당신이…….」

「괜찮아. 난 당신이 원한다면 결혼을 할 수도 있어.」

그녀는 얌전히 고개를 끄덕였다.

「이리 와서 저의 샤레이드(제스처 게임. 몸짓으로 판단하여 말을 한 자씩 알아 맞히는 놀이) 게임 상대가 되어 주신다면 저를 이 깡패들의 소굴에서 구해 주는 셈이 돼요. 아빠는 이 게임엔 취미도 없으신 데다가 시대에 뒤떨어진 분이에요.」

순간 램브레터의 얼굴에 승리의 기쁨이 넘쳐 흘렀다.

「저녁 식사 시간에 당신을 데리러 올까?」

그녀는 고개를 저었다.

「이 사람들의 방식이 따로 있어요, 잊었어요? 아빠가 저녁 식사에 당신을 초대한댔어요. 저녁 8시에 정장을 하고 오세요.」

그녀는 의자에서 일어나 보란의 품 속으로 뛰어들며 열렬한 키스를 퍼부었다. 그녀의 숨소리가 보란의 입으로 전해졌다. 그의 목구멍이 간지러울 정도로 여자의 혀가 깊숙이 빨려 들어왔다.

「여긴 날씨가 항상 따뜻해요. 식사 초대를 부담스럽게 생각지 마세요. 식사 후에 우린 어디로 가죠?」

그녀는 남자의 귀에 입술을 바짝 대고 속삭였다. 보란은 그녀의 가슴을 톡톡 치고는 디조르쥬가 사라진 출입구로 걸어가 잠시 멈춰서더니 안드레아에게 손을 흔들었다. 그러나 그때는 벌써 그녀가 사라진 뒤였다.

보란은 밖으로 나와 좁은 길을 걸어 별장의 구석에 위치하고 있는 주차장에 다다랐다. 별장에 드나들었던 지난 며칠 동안 볼 수 없었던 덩치 큰 사내가 보란에게 말을 걸었다.

「당신 누구요?」

「글쎄, 차차 알게 되겠지.」

보란이 유쾌하게 대답했다. 그는 번쩍거리는 메르세데스 차에 몸을 파묻었다. 엔진이 달아오르자 흰 배기 가스를 내뿜으며 차는 힘차게 앞으로 달려나갔다. 팜 비치 출신인 덩치 큰 사내는 휘파람을 날리며 사라지고 있는 보란의 뒷모습을 뚫어져라 쳐다보고 있었다.

별장에서 반 마일쯤 벗어나자 보란은 거울을 통해 자신의 얼굴을 살펴보았다. 그는 손가락을 움직여 조심스럽게 피부 조직을 문질렀다. 부드러운 감촉이 느껴졌다. 디조르쥬에게 받은 손자국은 거의 사라지고 없었다. 수술이 잘 됐다고 생각하며 그는 안드레아를 생각했다. 기쁨과 후회의 감정이 한꺼번에 그의 마음을 어지럽혔다. 이건 아주 우연한 인연이라고 그는 생각했다. 아무것도 물으려 들지 않고 아무것도 원하지 않는……. 그는 디조르쥬의 딸에게서 자신의 이익만을 얻어 내려는 자신의 계략에 대해 아무런 죄책감도 느끼지 않았다. 그녀는 언제든지, 누구의 유혹에든 넘어갈 자세로 기회를 기다리고 있던 여자였다. 상대가 보란이든 아니든 전혀 상관없는 일이었다. 그들은 그렇게 서로를 이용하고 있는 셈이었다. 그녀는 아버지를 화나게 하기 위해서 일부러 일을 꾸민 게 틀림없었다. 즉, 자신의 아빠를 괴롭히고 상처를 주려는 의도에서 보란을 이용했던 것이었다.

그는 호텔 입구에서 차를 세웠다. 방으로 곧장 들어 가서 옷을 갈아 입고 난 그는 리볼버를 옆구리에 찔러 넣었다. 그리고 프런트로 내려가 지배인에게 고개를 끄덕해 보이고 20달러 짜리 지폐를 카운터 위에 올려놓았다.

「누가 날 찾지 않던가?」

보란히 호텔 지배인에게 물었다. 그의 눈이 지폐 위로 쏠렸다. 그는 보란을 뚫어져라 쳐다보며 부드러운 목소리로 말했다.

「예, 그런 일이 있었습니다. 램브레터 씨.」

「20달러면 충분할 텐데…….」

「사실…….」

사내가 손가락으로 장난을 치면서 야릇한 미소를 띠었다.

「채 한 시간도 못 되었어요. 어떤 분이 당신을 찾아와 저기 앉아 기다렸었지요.」

「그 사람에게 뭐라고 했나?」

지배인의 눈이 다시 20달러짜리 지폐 위에 떨어졌다. 그는 온 얼굴에 미소를 띠고 입을 열었다.

「저, 사실 말이죠…… 뭐라고 했느냐면요, 당신이 현재 이곳에 투숙하고 있으며, 카드를 쓰지 않고 현금 지불을 해주는 분이라구요. 말이 없으신 편이고 자신의 일에만 신경을 쓰고 그리고…….」

그는 보란의 얼굴에서 실망을 빛을 보았다.

「그리고 내가 매일 아침 출판업자와 함께 망아지 등 위에다 책을 100권씩 쌓는다고 말했나?」

보란이 불쑥 물었다. 지배인은 그저 벙긋거리며 두 눈을 이리저리 굴리고 있을 뿐이었다.

「그렇게 기분 상하실 필요는 없습니다, 램브레터 씨.」

그가 조롱하는 투로 말했다.

「꼭 알고 싶다면 웃돈을 좀 얹으시죠.」

보란은 데스크에 몸을 기댄 채 20달러를 다시 집어 양복 주머니에 넣으면서 총이 보이도록 했다. 그리고는 다시 50달러를 꺼냈다. 지배인의 눈이 현금과 권총을 번갈아 살폈다.

「전 정말 잘 몰라요…….」

「사실을 쉽게 털어놓으리라고는 기대도 안 했어. 책상을 치우고 빰이나 한 대 갈겨 줄까, 어때?」

그때 지배인의 눈빛이 달라졌다. 그는 결심을 굳힌 모양이었다. 그의 입에서 조금 의외의 말들이 흘러 나왔다.

「그 분은 당신이 누구며 무슨 일을 하시는지에 대해 물었습니다. 램브레터 씨, 전 숨길 필요는 없다고 생각하고 당신이 며칠 전부터 이곳에 묵고 계시며 조용한 성격을 지닌 분이라고 말해줬을 뿐이에요. 아! 그리고 다고스타 부인이 당신을 꼭 한 번 찾

찾아왔다는 것도 말했지요. 제가 잘못했나요? 아니었으면 좋겠는데. 다고스타 부인, 정말 과부라기엔 너무 젊고 예쁘더군요. 불쌍해요…….」

「망아지에 대한 말도 했나?」

「네, 그랬던 것 같아요. 그러나 별로 신경 쓰는 것 같지는 않았습니다.」

「그 사람 이름이 뭐라고 하던가?」

지배인은 아랫입술에 경련을 일으켰다.

「마라스코라고 한 것 같았습니다. 사람들이 그를 허니 마라스코라고 부르는 것 같았어요. 묘한 이름이었어요. 그 거친 외모하며…….」

「내 우편물에 대해서는?」

지배인의 눈빛에선 갈등의 기미가 역력히 보였다.

「전……아……마라스코는 줄리앙 디조르쥬와 관계가 있어요, 램브레터 씨. 알겠지만 디조르쥬 씨는 다고스타 부인의 친아버지입니다. 이런 관계를 놓고 볼 때 전 도무지…….」

「자넨 내 우편물에 대해서도 얘길 했지?」

「네, 선생님. 뉴저지와 플로리다에서 편지가 온다고 했어요. 난……그저…….」

「그래그래, 됐어.」

보란은 긴장으로 땀에 젖은 지배인의 손바닥에 50달러를 쥐어주었다. 그는 로비를 가로질러 밖으로 나갔다. 지배인은 미소를 띠면서 그 돈을 주머니에 넣었다.

12
괴로운 과거

「그놈은 망나니에 무일푼이야, 안드레아. 내 귀여운 공주.」

디조르쥬가 귀여운 공주라는 한물 간 단어를 쓸 때는 아버지와 딸이라는 관계를 딸에게 애써 인식시키려 할 때 흔히 쓰는 수법이었다. 안드레아는 그걸 잘 알고 있었다.

디조르쥬의 가정만큼 제멋대로인 집안은 또 없을 것이다. 안드레아와 그녀의 어머니는 한 번도 마음을 터놓고 대화를 나눈 적이 없었다. 모녀 사이에 유사점을 찾기는 어려운 형편이었으며, 그 어머니란 여자는 마지막 인생의 황금기를 이탈리아의 리비에라 해변에서 몸부림치듯 즐기고 있었다.

디조르쥬는 안드레아에게 3살 때부터 귀여운 공주라는 단어를 썼는데 그 후 그 단어는 딸과 타협이 불가능해졌을 때 그만 휴전하자는 뜻으로 디조르쥬의 입에서 나오는 말이 되었다.

귀여운 공주란 말은 어쨌든 가끔이긴 했지만 부녀 사이의 대립된 감정을 무마시켜 주는 경우도 있었고, 디조르쥬가 딸에게 좋지 않은 소식을 전할 때는 윤활유 역할을 해주기도 했다.

「그는 가족도 없이 혼자 제멋대로 떠도는 떠돌이야. 출신지도 불분명하고 이 세상의 모든 호텔이 모두 그의 집이야. 내가 끼여 들고 싶지는 않지만 그를 집으로 데려오는 일에 신중을 기해 주기를 바란다. 그런 사람들은 아빠의 사업에 방해만 될 뿐이란다. 얘야, 그리고 그런 사내는 여자와 쉽게 사귀고 쉽게 떠나는 법이지. 내가 너희들 사이를 떼어 놓으려고 이런 말을 하는 건 아니니 오해는 말구. 안드레아, 넌 누구보다도 아빠를 잘 알고 있잖니. 모든 일은 신중히 처리해야 하는 것이다.」

「그런 정보는 누가 갖다 바치던가요?」

놀란 듯한 음성으로 안드레아가 물었다.

「정보 수집은 나의 일 중 하나야.」

「알고 있어요, 아빠. 그러나 아빠의 이번 정보는 잘못된 것 같군요. 프랭크는……음, 그가 어떻게 돈을 버는지 모르겠지만 상관 안 해요. 그는 이미 내 마음 속에 크게 자리잡고 있어요. 내가 하고 싶은 말은 그뿐이에요.」

그녀는 쉬었다가 말을 이었다.

「결국, 엄마가 30년 전에 아빠를 뒷조사하고 다녔다면 난 여기 있지도 않았겠지요?」

디조르쥬는 안드레아의 말이 자신의 가슴에 날카로운 비수처럼 꽂히는 걸 느꼈다.

「아, 아, 그래……. 그렇게 따지고 들지 말렴. 아빠를 궁지에 몰아 넣는 말이나 함부로 내뱉구. 난 이제 혼자 고립된 느낌만 드는구나. 난 네가 해달라는 것이면 뭐든 다 해주었는데. 다른 사람들의 경우와 그게 어떻게 똑같을 수 있겠니? 시대가 변했다. 내가 젊었을 때는 무일푼도, 무학도 관계 없었지만 지금은 달라요. 학벌과 재력이 없이는 살아 남질 못한단다. 너는 이 아빠가 너와 엄마를 늘 생각하고 있다는 사실은 잘 모르겠지?」

「아빠는 이미 상처 입고 돌아온 엄마를 닦달했을 때부터 엄마의 숨통을 막았던 거예요. 내게도 마찬가지구요. 아빠 스스로가 선택한 길이에요. 아빠는 가정보다, 나라보다, 신보다 더 아빠의 일이란 것에 충성을 바쳤어요. 우린 결국 뒤로 밀려난 거잖아요. 내 말이 틀려요, 아빠?」

디조르쥬의 얼굴이 새하얗게 변해 갔다. 딸의 입에서 〈아빠의 일〉이란 말이 나왔을 때가 제일 심했다. 그는 허탈한 표정으로 웃음을 터뜨렸다.

「네가 생각해 낸 말이 아니지, 안드레아? 누가 우리 귀여운 공주에게 이런 황당한 옛날 이야기를 들려 주었을까?」

「그건 옛날 얘기도 황당한 얘기도 아니에요. 20년대 말, 30년대 초엽의 일이에요. 장소는 뉴욕, 이미 이 얘기는 상식화되어 있어요. 난 이 이야기가 미국의 교과서에 쓰여 있다 할지라도 놀라지 않을 거예요. 마피아와 코사 노스트라는 하나예요. 세상이 다 아는 일이지요. 아빠는 그 세계의 가장 높은 자리에 있으시죠? 전 다 알고 있어요. 아빠가 하는 일이 무엇이며 아빠의 사람들이 어떤 자들인지를 말이에요. 날 귀여운 공주니 하면서 타이를 생각은 하지 마세요. 깡패의 딸이 그런 사람의 아내가 되기에는 너무 과분하다는 말은 하지 말란 말이에요. 도대체 우리 모녀를 이렇게 잡아 놓은 다음에 어디다 적절하게 쓰려는 것인가요?」

줄리앙 디조르쥬는 놀랄 뿐이었다. 마음이 아프기 이전에 슬픔이 앞섰다.

「그래, 넌 이 늙은 애비를 가슴 아프게 만드는구나. 넌 내 상처를 건드리고 있는 거다, 안드레아. 그렇다고 네가 잘못했다는 뜻은 아니야. 속을 터놓아 줘서 기쁘구나. 네 말이 모두 옳아! 귀여운 공주야. 아빠는 마피아가 되기 전까지는 빈털터리였었다. 아침도 거르는 형편이었지.」

그는 한 손을 어깨 위로 올려 놓으며 화려하고 값비싼 가구로 장식된 방 안을 둘러보았다.

「이런 집에서 사는 것은 다만 꿈에 불과한 것이었단다. 네가 가진 모든 것을 잘 기억해라, 모두 코사 노스트라 가 덕분이다. 코사는 너에게도 옷과 음식들을 주었어. 그래서 이 아빠는 그 가문에 충성을 바치는 거야. 네가 조금만 더 이해해 주면 좋겠구나. 네 말이 틀렸다는 게 결코 아니다. 네 말이 옳기도 해. 그러나 내가 만일 카포의 귀여운 딸이라면 내가 하는 말이 불쌍한 아빠를 얼마나 괴롭히게 될까 하는 생각도 할 것 같은데. 이 아빠는 피닉스 서부 지역에서는 가장 위대한 인물이란다. 위에서 명령이 떨어지면 그것은 아래로 전해져야 해. 한 명이 다치면 또 하나가 나서게 되지. 그 명령은 개인적인 변명을 용납하지 않는단다.」

디조르쥬는 몸을 일으켜 앉더니 서글픈 시선을 딸에게 던졌다.

「얘야, 아빠와 딸이 이런 얘기나 나누고 있어야겠니? 우리 다른 얘기하자꾸나.」

「아니에요, 아빠. 이제 그만두기로 해요.」

「램브레터에게 이 사실을 털어놓을 작정이니?」

그녀는 한숨을 내쉬면서 말했다.

「네. 그는 저녁 식사 때 올 거예요. 그때 그에게 모두 말하겠어요.」

「내가 직접 얘기해 줄까?」

디조르쥬가 부드럽게 말했다.

「차라리 그게 더 좋을지 모르겠어요.」

갑자기 그녀의 두 눈에 눈물이 비쳤다. 그녀는 울면서 방을 뛰쳐 나갔다. 그리고 문 밖에서 그녀가 말했다.

「아빠, 미안해요!」

쿵쾅거리며 계단을 오르는 그녀의 발자국 소리에 섞여 디조르쥬의 낮은 목소리가 흘러 나왔다.

「나 역시 미안하구나, 귀여운 공주야!」

그는 무거운 유리 재떨이를 벽에다 힘껏 던졌다.

13
마피아의 소굴

눈이 빨갛게 충혈되어 몹시 피로해 보이는 하인이 보란을 디 조르쥬의 서재로 안내했다. 그의 옆구리 부분이 불룩했다. 하인은 보란에게 음료를 권하면서 잠시 기다려야 할 것 같다고 말했다.

보란이 가죽 의자에 편안한 자세로 기대려 하는데 왼쪽 팔꿈치에 걸리는 게 있었다. 재떨이였다. 하인은 정중하게 사과를 하고 그대로 나가 버렸다. 서재 안은 어두웠고 그림들은 기분 나쁜 인상을 풍기고 있었다. 그는 책장에 꽂힌 책의 제목들을 쭉 훑어보았다.

누군가가 숨어서 자신을 지켜보는 듯한 느낌이 들었다. 서늘한 기분이 목 뒤로 해서 척추까지 전달되었다. 그는 자연스럽게 성냥불을 켜 담배에 불을 붙이고 스카치 위스키 잔을 든 채로 서성거렸다.

보란은 빈 잔을 책상 위에 내려놓고 코트를 벗었다. 권총집을 확인하고 상의의 단추를 잠갔다. 그리고 다시 서재에서 서성거리자 마치 럭비 선수 같은 사내가 잔뜩 긴장한 얼굴로 보란에게 다가왔다. 주차장에서 마주쳤던 사내였다. 그 사내는 38구경을 들고 문의 입구에서 멈추었다.

「무기를 갖고 다니는 분이군.」

사내가 빈정거리는 투로 말했다. 어깨가 우람하고 흙빛의 피부였으나 발이 유난히 작아 보였다.

「그런 건 누가 체크하지?」

보란이 딱딱하게 물었다.

「마라스코란 친구, 바로 나야.」

육중한 체구의 사내는 계속 빈정거렸다. 보란이 고개를 끄덕거리며 손을 옷 속으로 넣으려 하자 마라스코가 재빨리 저지했다.

「자자, 그러지 말고 여기에 기대. 두 손을 책상 위에 올리고.」

「난 자네 같은 친구들에게 등을 보이고 싶지는 않은데?」

보란이 빙그레 웃으며 재빨리 피스톨에 손을 댔다. 그러나 만만한 상대는 아니었다.

「서툰 짓이야. 그래, 그걸 책상 위에 올려 놔!」

보란이 명령대로 하자 마라스코가 한 발 앞으로 나와 피스톨을 집어 코트 주머니에 넣었다. 그는 서재 문을 나서면서 말했다.

「이곳을 나갈 때 돌려 주면 되겠지?」

그는 잠시 기억을 더듬는 듯한 표정으로 그에게 물었다.

「당신 이름이 램브레테라면서?」

보란은 아무 말없이 고개를 끄덕였다.

「뉴저지 출신의 록키 램브레터와는 어떤 사인가?」

「록키는 내 삼촌이야. 62년도에 죽었지.」

보란이 담담하게 말했다. 마라스코가 알았다는 듯이 고개를 끄덕거렸다. 그는 다시 문가로 걸어 가다가 몸을 돌리며 미심쩍다는 듯이 물었다.

「당신 진짜 이름이 뭐야?」

보란은 빙그레 웃었다.

「스무 고개 놀이를 즐기나? 내 이름을 잘 알 텐데.」

「마이애미나 세인트 페트에서 일한 적이 있나?」

「당신은 내 과거가 무척 궁금한 모양이군.」

마라스코는 어깨를 으쓱하더니 문을 열었다. 그 자세로 그는 말했다.

「디조르쥬가 1분 내로 나타나실 거야. 그 동안 편히 쉬게.」

「당신이 나타나기 전까진 편안했어.」

보란이 빈정거렸다.

마라스코는 눈을 찡긋하고 웃어 보이더니 곧 서재를 나갔다. 다시 혼자가 된 보란은 무표정하게 그가 나간 문을 쳐다보았다. 그리고는 테이블로 다가가 술을 한 잔 따랐다. 아직도 누군가의 시선이 그를 쫓고 있었다. 그는 그 시선이 오히려 그에게 안정감을 주고 있다고 느꼈다. 어린 시절 그는 이탈리아 인들과 이웃하며 자라났었다. 그때 느꼈던 감정과 경험 그리고 피츠필드 전투 때 세르지오 프랭키 가와 맺었던 짤막한 인연 등에서 그는 이탈리아 인들의 의식 구조를 알 수 있었다(그때의 일이 도움을 줄 것이다). 보란은 스카치 잔을 들고 여전히 서재에서 서성거렸다.

그로부터 5분 뒤에 디조르쥬가 나타났다. 그는 인사말도 없이 불쑥 물었다.

「이 팜 스프링스엔 왜 왔나?」

「별 일은 없소. 그저 지나다 보니 들르게 된 것뿐이오. 난 당신 딸에게 마음을 준 적이 없소. 당신 딸과는 몇 번 같이 크게 웃고 떠든 것밖에는 아무것도 없소. 괜히 당신이 문제를 확대시켜 생각한 거라구요. 난 당신 딸의 얼굴에 어린 우울한 빛을 없애 주려는 의도에서 그녀를 가까이 했던 거요. 좋은 게 좋은 거 아니겠소?」

「내 질문에 대답이나 해!」

디조르쥬가 굳은 표정으로 다그쳤다.

「대답은 이미 한 걸로 아는데요?」

보란이 큰 소리로 대꾸했다.

「그렇다면 왜 여길 들렀어? 내 딸을 만나기 위해서가 아니면 들를 필요도 없잖아!」

「내 딸이라구요? 웃기시는군요.」

그는 담배를 꺼내 불을 붙이지도 않고 그냥 물었다 뺐다 하는 동작만 반복했다.

「이 봐요, 디스. 당신 딸 말이오. 나이에 비해 아직 싱싱하더군. 솔직히 얘기해서 이젠 처녀도 아니잖소? 우린 내가 투숙한 호텔에서 만났소. 몇 번 같이 웃다가 친구가 된 거죠. 사람들은 그녀가 당신 딸이라는 사실을 알고도 놀라지 않았소. 하긴 당신은 디조르쥬고 그녀는 다고스타이긴 하지만…… 그러니 내가 어떻게 당신 딸인지 알았겠소? 우린 서로가 상대방의 신분 따위는 상관하지 않았소. 우린 3일 전에 처음 만났다구요.」

디조르쥬의 어깨가 눈에 띄게 경직되었다. 그의 표정이 착잡하게 변했다.

「왜 여기까지 기어 왔나? 팜 스프링스에 말이야.」

보란은 주머니에서 신문을 꺼내 책상 위를 탁탁 쳤다.

「정말 알고 싶소?」

그는 대수롭지 않다는 듯이 내뱉았다. 디조르쥬가 접혀진 신문지를 흘끗거리며 말했다.

「그 신문이 어쨌다는 건가?」

보란이 신문을 펼치자 보란의 얼굴이 크게 클로즈업되어 있었고, LA경찰이 그를 잡기 위해 혈안이 되어 있다는 기사가 눈에 들어 왔다.

「계약이란 재미있는 일이죠.」

램브레터로 변한 보란이 말했다.

「그럼 일확 천금을 노리고 이곳에 왔단 말인가?」

카포가 비양거리는 투로 말했다.

「당신의 형편을 알고 있소. 괜찮은 게임이죠?」

「보란은 어디에 있나? 브라질? 아니면 죽어서 팜 빌리지의 어느 곳에 경찰들에 의해 매장당했나?」

보란이 여유를 보이며 대꾸했다.

「그는 바로 이 도시에 있소. 이 팜 스프링스에!」

디조르쥬는 재미있다는 듯 웃어댔다.

「어떻게 그걸 아는가?」

「보란을 이곳에서 한 번 만난 적이 있소.」

보란은 셔츠 단추를 풀었다. 그러자 4분의 1인치 정도의 상처가 드러났다.

「45구경 총탄이 지나간 흔적이오. 맥 보란은 45구경 피스톨을 가지고 있소. 무슨 뜻인지 알겠소?」

「서툰 수작은 그만두는 게 좋겠어!」

디조르쥬가 무시하려 했다.

「그런 우스꽝스러운 연극은 집어 치워! 무엇에 긁힌 상처를 가지고 그래?」

「긁힌 상처라니요!」

보란은 투덜거리며 디조르쥬가 자세히 볼 수 있도록 가슴을 더 열어 보였다. 디조르쥬는 혀를 차며 말했다.

「자넨 행운아야, 프랭크. 오른쪽에도 1인치 정도의 상처가 있군. 치료하는 데 얼마나 걸렸나? 1주일?」

보란에게 그만 셔츠 단추를 잠그라는 눈짓을 보내며 디조르쥬가 물었다.

「이제야 이 상처를 믿겠소?」

보란이 단추를 채우며 물었다.

「그래, 정말 행운아로군, 프랭크. 여기 애들도 보란과 싸웠다는 애들은 많지 않아. 정말 그와 싸웠나?」

그의 얼굴에는 상당한 신뢰의 빛이 감돌았다. 보란은 즉시 그 표정을 간파했다.

「지난 화요일 밤 디저트 교차로에서 서로 눈이 마주쳤소.」

「여기서 겨우 반 마일 떨어진 곳에서 말이지?」

디조르쥬는 놀라는 눈치였다.

「그렇소. 이 별장으로 오던 길이었소. 난 신문을 통해 그의 사진을 봐두었기 때문에 그가 보란인 줄 금방 알 수 있었습니다. 우린 정면으로 눈이 마주쳤소.」

「그래서 자네가 그를 쏘았나?」

디조르쥬가 성급히 물어 왔다.

「그런 것 같지 않소. 보란은 굉장히 빨랐어요. 솜씨를 가늠하기 어려운 상대였소. 우린 그때 빨간 신호등 아래 나란히 서 있었죠. 순간적으로 우리는 서로를 향해 방아쇠를 당겼어요. 그러나 공교롭게도 이 별장 쪽에서 강한 불빛이 새어 나오는 바람에 그를 정확히 겨냥하지 못했소. 보란은 곧 차를 돌려 사라져 버렸소. 언젠가는 또다시 나타날 거요. 그 후로 난 꼭 무기를 휴대하고 다닌다오. 그때 이 상처가 생겼으니까.」

「그놈은 무슨 차를 타고 있던가?」

「큰 차였소. 내 생각엔 크라이슬러 같았소.」

「아하! 화요일 밤이면 바로 1주일 전인가?」

손바닥을 치며 디조르쥬는 생각에 잠긴 듯 천천히 책상을 한 바퀴 돌았다.

「그렇다면 그는 지금도 이 부근 어딘가에 있겠군.」

디조르쥬는 아플 정도로 자신의 손가락을 힘주어 깨물며 중얼거렸다.

「아마 자네 총에 그자가 맞았을지도 모르겠군. 그래서 아직껏 나타나지 않고 있는 것일지도…….」

「글쎄요…….」

이들의 대화는 안드레아 다고스타의 요란스런 등장에 의해 중단되었다. 그녀는 조그만 손가방을 왼손에 달랑거리며 들어 왔다. 그녀는 가방을 책상 위로 집어 던지며 말했다.

「저의 건달에게 얘기 다 했어요, 아빠?」

「아직.」

디조르쥬가 허락할 수 없다는 눈치를 보이며 목소리를 높였다. 그녀는 허벅지가 훤히 드러난 미니 스커트를 입고 있었다.

「빨리 끝내세요, 아빠! 나는 이 사람과 함께 갈 데가 있어요, 난 이 깡패들의 소굴에선 더 이상 못 산다구요. 이리 와요, 프랭크. 여길 나가요!」

「아무 데도 못 간다, 안드레아. 여기 앉아 있어!」

디조르쥬가 음성을 낮추며 말했다.

「내가 이곳을 나가면 아빤 아마 날 쏠 거예요. 남아 있더라도 난 감금당할 거구요.」

그녀는 유쾌한 듯 웃어 대면서 보란에게 팔짱을 끼었다.

「어때요, 프랭크? 마피아의 규율을 지키기 위해 자기 딸을 위협하는 아빠를 어떻게 생각하세요? 세상 말세가 아니겠어요?」

어디서 구했는지 그녀의 손에는 니켈로 도금한 22구경 권총이 들려 있었다.

「자, 가요, 프랭크! 빨리 이곳을 빠져 나가요. 아빠, 그렇다고 놀라진 않으시겠죠? 이건 아빠를 닮았기 때문이에요. 난 아빠 딸이잖아요? 나도 사람을 죽일 수 있는 소질을 타고났나 보죠?」

그녀는 더욱 싸늘하게 웃으며 말했다. 디조르쥬는 자신의 딸이 쏜 총에 맞고 바닥에 쓰러져 죽어가는 장면을 보는 듯한 느낌이었다.

보란은 한 손으로 안드레아의 뺨을 때리면서 다른 한 손으로 재빨리 그녀의 권총을 빼앗았다. 그녀는 소파 위로 벌렁 나자빠졌다. 하얗게 질린 얼굴에 보란의 손자국이 선명히 나타나 있었다.

「아, 이럴 수가!」

그녀는 힘없는 목소리로 허공을 바라보며 중얼거렸다. 보란은 책상 위에 총을 내던지며 안드레아에게 다가가 강렬하고도 짧은 키스를 퍼부었다. 자신의 손자국이 나 있는 빰에도 키스를 했다. 보란은 그녀를 힘껏 껴안으면서 그녀의 방이 어느 쪽이냐고 물었다.

「이층 복도의 오른쪽 첫 번째 방이네.」

디조르쥬가 서슴없이 대답했지만 표정은 여전히 씁쓸해 보였다. 그들이 함께 복도를 걸어가고 있을 때 공교롭게도 허니 마라스코를 만나게 되었다.

「무슨 일인가?」

안드레아의 팔이 보란의 어깨 밑으로 축 처져 있었다.

「완전히 취했어.」

보란이 마라스코를 향해 씩 웃으며 말했다. 그리고는 그의 앞을 지나쳐 계단을 올라갔다. 디조르쥬가 그 뒤를 따르다 마라스코를 돌아보며 말했다.

「아, 이 친구는 프랭크 럭키, 이쪽은 필이야. 서로 인사들 나누게. 프랭크는 우리를 도우러 온 사람이라네. 내 말이 맞지, 프랭크?」

「맞습니다.」

보란은 고개를 돌리지도 않고 대꾸했다. 그는 자신이 럭키라고 불리운 사실에 대해 조소했다. 하긴 디조르쥬가 1주일 된 상처의 내막을 그대로 믿어 준 것 자체가 행운이긴 했지만. 그러나 무엇보다도 그에게 있어서 통쾌한 일은 디조르쥬 부녀 사이의 불화였던 것이다.

그는 안드레아를 침대 위에 내려놓으며 부드럽게 키스를 해주었다. 디조르쥬가 그의 옆으로 다가서며 말했다.

「프랭크, 고맙네. 딸과 잠깐 단둘이 있고 싶네. 이 애와 할 얘기가 있어. 아래층에 가서 저 친구들과도 인사를 나누도록 하게. 그럼 나중에 다시 만나세.」

「기다리겠습니다.」

보란은 안드레아의 방을 나와 아래층으로 내려갔다. 그는 마피아의 대원들과 차례로 인사를 나누었다.

14
미스터 포인터

〈불치의 죄인〉 수사대로부터 전임된 칼 라이온스는 즉시 10일 동안의 휴가를 얻었다. 그는 캘리포니아 해안을 따라 무사 태평한 자동차 여행을 하는 것으로 휴가를 보냈다. 그가 근무지로 돌아온 날은 10월 20일이었다. 그는 충분한 휴식으로 인해 건강을 완전히 회복한 듯 보였다. 그는 자신의 새로운 임무가 무엇인지 대단히 궁금했다. 맥 보란에 대한 생각이 또다시 가슴을 답답하게 했다. 그의 마음 속 깊은 곳으로부터 자신도 그와 같은 이단자나 독자적인 행동을 할 수 있는 사람이기를 바라고 있었다. 그러나 칼 라이온스는 항상 청렴 결백한 경관이었다. 앞으로도 그럴 것이다. 물론 그는 맥 보란이라는 인물이 그의 공직 생활에 어떤 형태의 영향이라도 끼치는 것은 원하지 않았다. 그럼에도 보란은 그의 생에 짙은 그림자를 드리워 주고 있었던 것이다.

〈불치의 죄인〉 작전에서의 임무 포기와 함께 경찰서 내의 가장 흥미진진한 가십거리는 팀 브래독 주임의 장래에 관한 것이었다. 이런 상황들이 라이온스를 우울하게 만들었다. 그는 강경하고 완고한 수사 주임 팀 브래독에 대해 존경심을 품고 있었기 때문이었다. 그것은 거의 애정에 가까운 것이었다.

브래독이 맥 보란을 체포하는데 실패한 사실에 대해 라이온스도 물론 상당한 책임감을 느끼고 있었다. 그는 양심의 가책을 느꼈다. 그의 선천적인 의무감과 직장에 대한 충성심은 계속 그 일을 들쑤셔내어 그를 괴롭히는 것이었다. 그는 그러한 그의 내적 갈등과 계속 싸워야만 했다.

경관에게 있어서도 역시 첫째 의무는 개인적인 윤리 의식에 철저해야 한다는 것일까? 그는 보란 사태를 다루는 데 있어 그의 앞에 열린 단 하나의 길을 따라 행동했을 따름이었다. 두 번이나 그는 맥 보란으로부터 등을 돌림으로써 그가 달아나는 것을 허락해 주었다. 브래독은 그의 이런 배반 행위를 결코 알지 못했다. 또한 라이온스는 자신의 행동이 단순한 배반 행위였다고 스스로를 위로할 수도 없었다. 지금 훌륭한 한 인간의 장래가 저울대에 올려져 있는 것이다. 그러나 라이온스의 윤리 척도로 본다면 팀 브래독과 그의 야망은 누구의 질타도 받을 수 없는 것이었다.

아무튼 라이온스는 〈불치의 죄인〉으로부터 떨어져 나왔다는 사실이 기뻤다. 그는 맥 보란에 대해서는 다시 듣지도 보지도 않게 되기를 바랐다.

그는 자신의 전속 명령서를 집어 들었다. 봐이스의 야간 순찰대였다. 그는 자신의 새로운 상관을 만나 보기 위해 위층으로 올라 갔다. 라이온스는 그가 전속된 새로운 부서로부터 환영을 받았으며 그들과 금세 친해져 잠시 이런저런 잡담도 나누었다. 잠시 후 젊은 경위는 한 무더기의 지시 사항과 메모지를 들고 그곳을 나와 대기실로 돌아갔다.

자정이 조금 지난 뒤에, 아직 그가 지시 사항과 메모들이 적혀 있는 서류들을 훑어보고 있을 때 그의 새로운 파트너인 알 매킨토시가 불렀다. 전화가 왔다는 것이었다.

「교환의 말에 의하면 정보를 제공하겠다는 자가 나타났다는군.」

「봐이스에는 내 정보원이 아무도 없어. 알, 자네가 받아 보지 그래?」

앞으로 읽어야 할 것들이 잔뜩 들어 있는 서류철을 지겹다는 듯한 눈길로 멀거니 바라보고 있던 라이온스가 의아한 눈빛이 되어 말했다.

「그 사람은 자네와 통화하고 싶다는 거야. 칼, 개인적으로 말이야.」

매킨토시가 말했다.

라이온스는 놀라서 눈썹을 치켜 세웠다. 그는 곧 송수화기를 집어 들었다.

「라이온스 경위요. 전화 바꿨습니다.」

「장거리 전화요. 그러니 빨리 끝냅시다. 나를 연방 마약 단속반들과 만나게 해줬으면 하오. 그들이 좋아할 것 같은 정보를 갖고 있소.」

칼칼한 사내의 목소리였다.

「왜 나한테 그런 얘기를 하십니까? 어떻게 내 이름을 아셨지요?」

「믿을 수 있는 소식통이 있소. 너무 겁내지 마시오. 나를 그들과 만나게 해주겠소?」

「해보겠습니다.」

라이온스는 대답했다. 그는 매킨토시에게 눈짓으로 신호를 보냈다. 매킨토시는 곧 옆방으로 달려가 같은 선의 또 다른 송수화기를 집어 들었다.

「이름과 전화 번호를 알려 주십시오. 가능한 한 빠른 시간 안에 연락을 드리겠습니다.」

「그것보다도 더 좋은 방법이 있다는 걸 알잖소? 당신과 다시 통화할 수 있겠소? 새벽 5시에 이 전화로.」

사내는 여유 만만했다.

「조처를 취해 보겠습니다만 지금으로선 뭐라고 확답을 드릴 수 없는 처지입니다.」

「부탁하오. 정보를 직접 받을 사람의 이름과 전화 번호를 알려 주기 바라오. 직접 말이오. 이 일은 어마어마한 규모라는 것을 명심하고 극비에 붙여 주시오. 나는 오래 기다릴 수 없는 사람이오.」

「왜 그 정보를 나한테 알려 주지 않는 겁니까?」

라이온스는 슬며시 말을 돌렸다. 열린 문을 통해 그를 바라보고 있던 매킨토시가 슬쩍 윙크를 보냈다.

통화자는 잠시 머뭇거리더니 말했다.

「당신은 이런 일에 관련되는 것을 좋아하지 않을 거요.」

「공적인 자리에 있는 사람이 할 수 있는 일이라면 나 역시 어떤 일이든 할 수 있습니다.」

라이온스는 자신있게 대꾸했다.

「이 일은 마약 밀매 전담반이 다룰 일이오. 마피아가 관계되어 있소. 라이온스, 큰 것이라구요. 나는 지휘자의 이름도, 거사 날짜와 루트도, 게다가 화물 인환증이나 배의 종류까지도 몽땅 알려 줄 수 있소. 전화로 얘기하기에는 너무 무거운 화제 아뇨? 한 가지, 나는 중간에 그 누구도 끼여 드는 걸 원치 않소. 그 점 유념해 두시오.」

「그러면 내가 선생을 직접 만나기로 하겠소.」

라이온스가 제안하며 문과 방을 가로질러 그의 파트너에게 미소를 보냈다.

「정말 이 일에 끼여 들어도 상관없겠소, 당신?」

「그건 내 직업이오. 미스터……미스터…….」

「왜 당신은 날 포인터(정보를 제공하는 자, 누설하는 자)라고 부르지 않소? 생각해 보시오. 이 건에 대한 내 얘기를 끝내기 위해서 5시에 다시 전화하도록 하겠소. 함부로 행동하여 일을 망치지 마시오, 라이온스!」

갑작스럽게 경위의 머리를 스쳐가는 것이 있었다.

「설마, 설마 당신이 보란은 아니겠지?」

그에게 더 생각할 틈도 주지 않고 대답이 날아왔다.

「내가 듣기로는 보란은 죽었다는데.」

「그래요?」

「5시에, 그럼!」

「내가 이 일을 직접 다루어도 좋은지 상부에 알아봐야겠소. 당신은 마피아 내부의 사람이오, 미스터 포인터?」

「물론 그렇소!」

통화는 거기서 끝났다. 매킨토시가 송수화기를 내려놓자마자

라이온스에게로 다가왔다.

「이건 바라키(미국 마피아의 중간 보스로서 최초로 마피아에 대한 비밀과 조직 내의 활동 상황 등을 증언하여 큰 파문을 일으켰던 인물) 사건 이래 가장 큰 사건이 될 것 같은데?」

젊은 경찰관은 흥분했다.

「그 말을 들으니 기분이 괜찮은데?」

라이온스는 의자를 뒤로 물리고 다리를 책상 위에 걸쳤다. 그리고는 서류 뭉치들을 옆으로 밀쳐 놓았다.

「가서 경감한테 얘기해 보세. 포인터는 장거리 전화라고 말했어. 얼마나 먼 거린지 모르겠지만. 내 이름을 어떻게 알았는지도 궁금하고……. 대체 그자가 원하는 건 뭘까?」

라이온스 경위는 그 의문에 대한 해답을 얻을 때까지 줄곧 의아심을 품고 있었다.

한편 맥 보란은 팜 스프링스에서 대체로 한가롭게 지내고 있었다. 그의 생애와 운명은 새로운 피륙을 짜내려 하고 있었다. 그것은 그들 모두를 포함시켜 짜여지는 새롭고 피비린내 나는 공포의 융단이었다.

10월 21일 아침 7시 30분, 로스앤젤레스 경찰국에서는 극비에 붙여진 새로운 특수 작전이 추진되고 있는 중이었다. 암호명은 〈미스터 포인터〉로 정해졌다. 작전은 각 부서의 상호 협동 작전의 형태를 취하기로 결정되었다. 로스앤젤레스 경찰국의 칼 라이온스와 알 매킨토시, 미 연방 경찰 본부의 암거래 조사위원회 위원인 해럴드 브로렐라, FBI의 로스앤젤레스 지부 요원인 레이몬드 포르토체시, 그리고 전 미국 국립 마약 요원인 조지 브루마이어와 마뉴엘 드 라메르카 등이 그 구성 요원이 되었다.

맥 보란이 마피아의 굳게 닫힌 문을 법의 강제력이라는 신선한 대기 앞에 활짝 열어 젖히고 있었다. 또한 거대한 범죄 조직에 대항하고 있는 맥 보란의 전쟁은 이로써 더욱 극적이고 긴박한 국면으로 접어 들게 되었다. 여러 가지 날실과 씨실들이 직물 속으로 같이 짜여 들어감에 따라 고통과 공포와 폭력 그리고 대량 학살이 예고되고 있었다. 이제 모든 사람들의 눈에도 드러나게 될 것이었다. 부정으로부터 정의가 나올 수 없으며, 맥 보란이 지옥이라고 규정한 이 세상으로부터는 항상 악과 피비린내 나는 소용돌이가 휘몰아친다는 것을.

15
메시지

윌리 워커와 그 일당이 며칠 전 돌아오면서 들고 온 보고서는 완전히 부정적인 것뿐이었다. 맥 보란에 대해서도, 페나에 대해서도 그 상황이나 행방은 전혀 확인이 되지 않았다.

「그놈의 도시는 내 입 속처럼 말끔합니다, 디스. 만일 그 녀석들이 보란을 거기에다 묻어 버렸다면……. 아무도 그걸 모르고 있는 모양입니다. 사장으로부터 무덤 파는 노동자들까지 다 캐물어 봤습니다만 아무것도 없었어요. 루이 페나도 그래요. 어디로 갔는지 아무런 흔적도 남긴 것이 없었습니다. 내 생각을 물으신다면 이렇게 말씀드릴 수 있겠습니다. 루이 페나는 숨은 겁니다. 그게 아니라면 그 보란이라는 놈이 그를 잡아다가 아무도 몰래 무덤 속에다 장사를 지내 버렸거나 말입니다.」

워커와 그의 동료들은 비상 경계 태세에 들어갔다. 그리고 계속적으로 팜 스프링스 근교를 의심받지 않게 순시하라는 임무를 부여받았다.

디조르쥬의 시골 별장을 찾아오는 모든 방문객들은 강력한 보안 조치에 의해 공항에 도착했을 때부터 공항을 떠날 때까지 철저히 경호되었다. 별장은 무장 기지와 조금도 다를 바가 없었다. 최근에는 그런 중요한 방문객이 여럿 있었다. 안드레아 다고스타는 사실상 가택 연금 상태였으며 집 밖으로 거의 모습을 드러내지도 않았다. 때때로 잠시 동안 가족 풀장을 배회하는 경우에도 그녀는 곳곳에 배치된 몇 명의 저택 경비원들에 의해 상당히 엄중한 보호를 받았다.

긴장은 사그라드는 것이 아니라 오히려 고조되어 갔다. 10월 21일에 줄리앙 디조르쥬의 불편과 거북함은 도저히 견딜 수 없을 지경에 이르렀다. 그는 오후 무렵 필립 허니 마라스코를 그의 침실로 불러들인 다음 그 건장한 사내에게 말했다.

「루이 페나에 대해서 신경이 쓰여 도저히 이대로 앉아 있질 못하겠어. 그 녀석을 찾아낼 수 있는 인물이 이곳에 없겠나?」

무감각한 표정을 한 얼굴로 마라스코가 대답했다.

「루이는 당신이 이런 식으로 걱정을 하고 있으리라는 걸 틀림없이 알고 있을 겁니다, 디스. 그는 당신이 자신을 찾아내는 걸 원치 않을 겁니다.」

「너도 나와 같은 생각이구나. 우리는 뭐가 뭐라는 것 정도는 알고 있어. 그렇지 않나, 필? 하지만 나는 루이가 자꾸 마음에 걸려.」

「그에 대해서라면 조금도 걱정할 필요는 없을 것 같습니다. 내 생각에는 이건 그의 자존심 문제입니다. 그는 보란의 머리통을 손에 쥐지 않고는 돌아오지 않겠다고 그의 부하들에게 큰소리치고 떠났다고 합니다.」

마라스코는 솔직하게 말했다.

「누굴 시켜서라도 루이에게 이곳으로 빨리 돌아오는 게 좋겠다는 말을 전하게 해야겠어.」

마라스코는 이 품위 있는 대화의 의미를 완벽하게 이해했다. 외부 사람에게는 디조르쥬의 불평은 다만 게으르고 무사 태평한 억만 장자의 안달 정도로 들릴지 모르나 가문 내에서의 전언이란 군대에서의 명령만큼이나 확고하고 명료한 것이었다. 마라스코는 고개를 끄덕이며 복종의 뜻을 표했다.

「말을 전해 보기로 하겠습니다, 디스. 뭐, 또 특별히 루이에게 하고 싶은 말씀은 없으십니까?」

디조르쥬는 손톱 끝을 들여다보고 있다가 말했다.

「이런 사태하에서는…… 우린 힘을 합쳐 함께 버텨 나가야 해. 아니면 소리도 없이 살해당하고 말게 돼.」

마라스코는 디조르쥬의 책상을 손톱으로 토닥토닥 두들겨 댔다.

「알겠습니다.」

「프랭크 럭키에 대해서는 계속 손을 쓰고 있나?」

디조르쥬는 편안한 말투로 물었다. 그와 얘기하는 동안 처음으로 마라스코의 태도에서 감정이 배어 나왔다. 그는 얼굴을 찌푸리며 그의 우두머리에게로 돌아섰다.

「모든 것에 대해 조사가 진행되고 있습니다, 디스. 하지만 빌어먹을, 저는 뭐가 뭔지 모르겠습니다. 모든 녀석들이 다 그를 좋아하고 있습니다. 그는 거칠고 강하죠. 바윗덩이 같습니다. 그런데다가 자신의 힘을 과신하지도, 남용하지도 않거든요. 그 녀석들한테 호감을 사려는 것도 아닐 텐데…… 아시겠지만 그는 어떤 문제가 가로놓여 있어도 물러서지를 않아요. 녀석들은 그를 참 좋아합니다. 말하자면, 그러니까…… 그를 우러러본다고나 할까…… 당신도 아시겠지만…… 그런데 난 왠지…….」

「알았어. 무슨 뜻인지 알아, 필. 역시 내게도 뭔가 걸리는 게 있긴 있는데, 그게 뭔지를 딱 꼬집어낼 수가 없어. 그의 지나온 과거에 대해서는 확실히 조사해 봤겠지?」

마라스코의 찌푸려진 얼굴이 더욱 험악스러워졌다.

「그렇습니다. 모두 조사해 봤어요. 그는 많은 흔적을 남기지는 않았더군요. 내가 추측하기로는 상당히 외로운 사람이었던 것 같습니다. 그런데 뉴저지에서 그를 안다는 자를 한 명 찾아냈습니다. 그는 플로리다의 감옥에 틀어박혀 있었습니다.」

「그에 대해서 어떤 조치를 취해야 하는지도 알고 있겠지?」

디조르쥬는 조용히 다짐했다.

「압니다. 벌써 관례적으로 해야 할 일은 다 끝냈습니다. 아시겠습니다만 시간이 좀 걸릴 겁니다. 한편으로는 빅터 포피를 내려 보냈습니다. 그와 충분한 얘기를 나눈 뒤에 아마 내일쯤에는 돌아오게 될 겁니다. 그 뒤에는 저절로 알게 되겠지요. 프랭크 럭키라는 자가 얼마나 확실한 자인지 말입니다.」

「나는 그자에 대해 철저히 파악되기를 바라고 있어, 자네도 그 이유는 알겠지?」

디조르쥬는 한숨을 내쉬었다.

「물론입니다.」

「그 동안 자네가 그를 감시해 주어야겠네.」

「알겠습니다, 디스.」

「우리는 가문을 좀더 확대시킬 필요가 있어. 위원회에서 그 문제에 대해 토의할 예정이야. 나는 이 프랭크 럭키라는 자를 후계자로 추천하고 싶어. 내가 원하는 건 다만 조사가 얼마나 완벽하게 끝났느냐 하는 거야, 알겠나?」

마라스코는 돌아서서 걷기 시작했다. 그는 문을 한 손으로 붙잡고 잠시 그 자리에 서 있었다.

「그는 판단력이 뛰어난 자입니다. 신념도 가지고 있죠. 나는 그가 하고 싶은 대로 하도록 내버려두고 있습니다. 만일 보란이라는 녀석이 아직 이 주위를 서성거리고 있다면 프랭크 럭키라는 자야말로 그에게 대적할 수 있는 유일한 사람이라고 확신합니다.」

「그래그래. 또 루이 페나에 대한 일도 잊지 말게.」

디조르쥬는 피곤한 기색이 역력했다.

「10분 안으로 사람을 보내도록 하겠습니다, 디스.」

「내가 원하는 게 뭔지 자네는 알겠지, 필?」

「물론 잘 알고 있습니다. 디스!」

이러한 단순하고 암시적이며 비공식적인 대화는 마피아의 살인 청부 계약에 관한 내용이었다. 디조르쥬의 견지에서 보자면 스크루이 루이 페나는 비합리적인 행동을 하고 있었다. 「비합리적인 행동이란 말이야」 하고 디조르쥬는 계속 생각했다. 그런 짓이란 항상 죄의식의 소산에 불과했다. 줄리앙 디조르쥬는 루이 페나가 고집스럽게 가문의 거처를 피하는 행동의 배후에 숨겨진 까닭이 무엇인지 몹시 궁금했다. 그는 앞으로 24시간 안에 그 이유들을 알게 되거나, 아니면 그에 대한 살인 청부 계약을 성립시키거나, 또는 그 둘 모두를 취하게 될 것이었다. 그리고 필립 허니 마라스코는 이미 그의 카포가 무엇을 원하는지를 명백히 알고 있었다.

30분이 지났으나 디조르쥬 저택에서 어떤 일이 진행되고 있는지를 알고 있는 사람은 아무도 없었다. 가문 전체를 뒤흔들어 놓은 그 경악스러운 소식은 숨이 턱에 차서 당도한 한 대원에 의해 디조르쥬 저택 내에 알려졌다. 그는 전세 낸 헬리콥터를 타고 왔다. 토니 데인저의 일당에 속하는 전투병인 그 전령은 즉각 카포와 회합을 가지게 되었는데 그는 흥분에 떨며 디조르쥬에게 말했다.

「그들이 우리를 완전히 박살내 버렸습니다. 디조르쥬님. 어디에서나 다 마찬가지예요. 그들이 때려부순 게…….」

「잠깐, 잠깐만! 좀 진정해! 이 친구야! 그들이 누구란 말이야?」

디조르쥬가 일단 그를 진정시켰다.

「아마 연방 수사관인가 봅니다. 그들이 추라 비스타에 있는 우리 창고를 습격해서 물건들을 몽땅 압수해 갔어요. 마루 밑에 숨겨 놓았던 것까지도 몽땅 빼앗겼습니다. 토니 데인저는 그 근처에 있었는데, 그는 바로 몇 분 전에 그곳을 떠났거든요. 그가 화물의 선적이 끝나자마자 곧 멕시코 인들이 모랄레스를 붙잡았다고 당신한테 얘기하라고 하더군요. 그가 선장들에게 그 소식을 전하려고 했을 때는 이미 늦었다는 거예요.」

디조르쥬는 떨리는 손을 들어 두 눈을 가리며 중얼거렸다.

「배는 어떻게 됐어? 배는 도대체 어떻게 됐나?」

「저도 그 배들에 대해서는 모릅니다. 토니 역시 모를 겁니다. 그게 바로 제가 드리고 싶었던 얘기입니다. 토니가 모르는 것은

……」

「토니 그놈은 제 엉덩이가 어떻게 돼 있는지도 모른다는 거구만! 내 말은 배에 물건이 얼마나 있었느냐는 거야!」

디조르쥬는 발악을 했다.

「아, 뭐 모든 재료가 다 있었죠, 디조르쥬님. 바로 그게 제가 아까부터……」

「토니 데인저는 지금 어디에 있나?」

「항구로 내려갔는데, 왜냐하면……」

「돌대가리!」

디조르쥬는 입에 거품을 물었다.

「그들이 모든 것에 대해 알고 있다면 그 항구에 대해서도 알고 있다는 것 아냐? 그 녀석은 바로 그들의 아가리 속으로 기어들어 갔구먼. 그래! 좋다, 우리의 나뭇더미 속 어딘가에 쥐새끼가 한 마리 기어든 것이라면……. 너는 당장 헬리콥터를 타고 샌디에이고로 돌아가! 토니 데인저를 찾게 되거든 말해. 디스가 말하기를 다 죽여 없애라고 하더라고. 알겠나? 몽땅이야. 모든 일은 다 뒤로 미뤄 버려. 또 디스는 그 쥐새끼를 원한다고도 전해. 그리고 뭐든 몸에다 지니고 다니지 말라고 당부하더라고 꼭 전해! 자, 어서 가라! 가는 길에 윌리 워커와 필립 허니한테도 얘기해. 내가 지금 당장 보잔다고 말이야!」

몇 분 뒤에, 저택이 아까의 흥분 상태를 채 벗어나지 못하고 있을 때 디조르쥬는 워커와 마라스코에게 사실을 있는 대로 털어놓았다.

「얼마 전부터 느낌이 이상했었는데 무언가 일이 잘못됐어. 그러나 이제는 무엇인지를 알 수 있을 것 같다. 내 머릿속에 두 개의 이름이 떠올랐다. 누구인지 알겠나?」

「루이 페나.」

마라스코가 말했다.

「프랭크 럭키.」

그렇게 말한 사람은 워커였다.

「그렇다. 그러나 속단은 금물이야!」

디조르쥬는 경고하듯 내뱉었다. 그의 눈길이 염탐하듯 마라스코에게로 떨어졌다.

「빅터 포피가 재기할 수 있는지 살펴보고 그가 우리들에게 필요한 무슨 정보를 가진 것은 없는지 알아보도록. 그러면 그 프랭크 럭키가 얼마나 운이 좋은지 알게 되겠지.」

마라스코는 침착하게 고개를 끄덕이더니 전화가 놓여 있는 테이블로 다가갔다.

디조르쥬가 윌리 워커에게 명령했다.

「모든 방법을 다 써서 추적해. 스크루이 루이가 있음직한 곳이면 어디든지 뒤져 봐. 우리 일과 조그마한 연관이라도 있는 곳은 샅샅이 뒤져! 그리고 번화가도 파고들어 가서 그 짐승 같은 놈이 떨어뜨린 부스러기라면 무엇이라도 긁어 와. 무언가 낌새가 있으면 즉시 연락해!」

워커는 눈을 굴리며 방을 나갔다. 마라스코는 작은 수첩을 꺼내 전화 번호를 훑어보더니 플로리다로 장거리 직통 전화를 걸었다. 그는 신호가 닿자 디조르쥬의 눈을 바라보며 돌아섰다. 대화는 짧았다. 마라스코는 대부분 듣고만 있었다. 마침내 그는 송수화기를 테이블 위로 내려놓고 거의 비탄에 가까운 한숨을 내쉬었다.

「그래, 소식이란 뭐야?」

디조르쥬는 고통스런 얼굴로 물었다.

「빅터 포피였습니다. 그 사내는 프랭크 럭키를 벌써 5년이 넘도록 보지 못했다고 하는군요. 그가 프랭크에 대해 마지막으로 들은 얘기로는 그가 베트남에 파견되었으며 그곳에서 어떻게 되었다는 것, 대개 그 정도뿐이었습니다.」

「뭐가 어떻게 돼?」

디조르쥬는 잔뜩 긴장하여 되물었다.

「살해되었답니다, 디스.」

방 안은 정적에 휩싸여 버렸다. 곧 입을 연 것은 디조르쥬였다.

「플로리다에 있다는 그 자가 잘못 들은 것일 수도 있어.」

「소문으로 들은 소식이라고 했으니까요.」

「프랭크 럭키에게 기회를 줘보도록 하자. 그런 소문에 대해 어떻게 나올지 들어 봐야겠어.」

「그게 좋겠습니다, 디스.」

다시 디조르쥬의 입에서 긴 한숨이 흘러나왔다.

「내가 그 일을 직접 처리하겠다. 빅터가 그 플로리다의 사내를 데리고 돌아오는 날이 언제라고 했나?」

「벌써 기름통에 연료를 가득 채웠답니다. 곧 출발할 예정이라고 하더군요. 내일쯤에는 도착될 것 같습니다. 더 빠를지도 모르겠습니다.」

「좋아. 네가 프랭크 럭키에게 말해 줘. 내가 얘기할 게 있다고 말이다. 알겠지, 필?」

마라스코는 고개를 끄덕였다.

「그가 돌아오는 대로 전하지요.」

「어디 갔나?」

마라스코는 어깨를 움찔해 보였다.

「말씀드렸잖습니까? 그는 자신이 하고 싶은 일은 뭐든지 할 수 있다구요.」

「그를 너무 믿는 게 아닐까, 필?」

「그럴 수도 있습니다, 디스. 어쨌든 그는 거의 온종일 여기에 머물러 있었습니다. 한 시간쯤 전에야 떠났죠. 나는 정보원으로서의 그를 도저히 신뢰할 수가 없습니다. 어려운 일이에요.」

「아, 빌어먹을! 나는 그를 우리 가문에 천거하려고 계획하고 있었어. 너도 알 거야. 내가 그놈을 정말 좋아한다는 걸 말이야. 그런데 그는 너무나 만사를 잘 알고 있거든. 그런 자를 난 결코 좋아할 수 없어. 그것 또한 알고 있겠지?」

「압니다, 디스.」

「만약의 경우에 대비해서 미리 손을 써두는 게 좋겠군.」

「대비해 두겠습니다. 디스. 그가 돌아오는 대로 곧 당신에게 보내겠습니다.」

「그렇게 해주게.」

디조르쥬는 의자를 빙글 돌려 창 밖으로 음울한 시선을 던졌다. 그의 전투병 몇 명이 뜰에서 서성거리고 있었다.

「그래, 필. 꼭 무슨 조치든 취해 둬야 하네.」

16
배신자

칼 라이온스는 10월 21일 저녁, 어둠이 시가지에 내려앉을 즈음 로스앤젤레스의 바로 동쪽에 위치한 레드랜드 시에 도착했다. 그는 특허청 건물 뒤에 위치한 드라이브 인 극장(차를 탄 채로 들어가 영화를 관람할 수 있는 극장)으로 들어가 두 번째 줄에 차를 세웠다. 그에게 지시된 대로 그는 즉시 차에서 내려 스낵 바로 걸어갔다. 사탕 하나와 옥수수 튀김 한 봉지를 사들고 그는 잠시 그 자리에 서 있다가 다시 차로 돌아왔다. 그것 역시 지시에 따른 것이었다.

그때 승용차의 뒷문이 소리도 없이 열리더니 한 남자가 미끄러져 들어왔다. 라이온스는 정면에 시선을 고정시킨 채 화면을 바라보는 척하며 말했다.

「미스터 포인터?」

「그렇소. 어떻게 됐소?」

「표적은 정확했소. 우리는 H(하시시. 마약의 일종)를 20킬로그램, 그리고 마리화나를 1톤 가량 입수했소.」

「그놈들은 그걸 모두 한 곳에 모아 두었었는데 국경 부근으로 옮겨다 놓으려고 온갖 노력을 다 기울이고 있었다오.」

미스터 포인터는 낄낄거리며 웃었다.

「가장 중요한 것은 우리들이 그들의 공급선을 모두 파악했다는 거요. 멕시코 쪽이었소.」

라이온스가 말했다.

「그게 바로 횡재 루트요. 그들이 배급할 때 쓰는 기구의 한 조각을 여기 가져왔소. 뒷좌석에 놓아 두겠소.」

「얼굴이라도 보며 얘기합시다.」

라이온스는 담담한 어조로 제의했다.

보란은 담배에 불을 붙이며 대답했다.

「좋도록 하시오. 그러나 당신은 아무것도 볼 수 없을 거요.」

경위는 한 팔을 좌석 받침대에 올려놓으면서 몸을 돌려 뒷자리의 어둠 속을 쏘아보았다. 그러나 그는 앉아 있는 사내의 희미한 윤곽만을 볼 수 있었다. 그는 이마 아래에 깊숙이 모자를 내려 쓰고 있었다.

「우리는 당신의 이름을 궁금하게 생각하고 있소.」

그는 톤을 낮추며 말했다.

「지금 알고 있는 것만으로 만족하도록 하시오. 당신, 블라이드라는 도시를 알고 있소?」

「물론이오. 애리조나 접경에 있죠. 이쪽 지형과 흡사한 곳이요.」

그는 아직 상대방의 신분을 눈치챌 만한 것은 없을까 하고 눈을 바쁘게 굴리며 말했다. 그러나 그는 자신의 이 유별난 정보원이 스웨드 가죽으로 만든 장갑을 끼고 있다는 것만 알아냈을 뿐이었다. 미스터 포인터가 힘껏 담배를 빨아 들일 때마다 담뱃불이 희미하게 빛을 발했고 라이온스의 격렬한 호기심은 사그라들 수밖에 없었다.

「나는 지금까지 당신이 틀림없이 보란일 것이라고 생각하고 있었소.」

「그럼 지금은?」

「이제는 당신이 보란이 아니라는 걸 알았습니다. 목소리는 아주 비슷한데 얼굴은 딴판이로군요. 좋소, 미스터 포인터. 블라이드가 어떻다고 하셨습니까?」

「여기 있는 상자를 열어 보면 자연히 알게 될 것이오. 그곳 가까이에 B-17 기지가 있소. 제2차 세계 대전 직후부터 있었을 거요. 지금은 단순한 공항으로 사용되는 모양입니다만 거길 이용하는 항공기는 별로 없다고 들었소. 가글리아노라는 이름의 중위가 모든 책임을 맡고 있소. 낡은 건물이 하나 있는데 격납고로 사용되고 있고 통제소로 쓰이기도 하오. 그곳이 바로 그들의 공장이오.」

「뭐라구요?」

「그들이 H를 가공하는 곳이오. 처음부터 포장하는 과정까지 모두 거기서 이루어지고 있단 말이오. 구매자에게 배달해 도매로 넘기는 경우에 끝까지 모두 항공 우편만을 이용한다오. 소매 루트에 대한 정보는 아직 내 손에 들어오지 않았소. 내 추측으로는 그런 자질구레한 일까지는 조직이 관여하는 것 같지 않았소.」

「시장은 어떻습니까?」

「굉장하죠. 국경 반출이 금지된 이후로는 더 그렇소. 그 물건들을 멕시코 쪽에다 비축 저장해 놓고 소매 판매는 여기저기서 조금씩 이루어지는 것 같소.」

「가격이 상당하겠군요?」

보란은 계속해서 설명했다.

「그들은 H를 가공하지 않은 채로 구입하죠. 1킬로그램당 약 2000달러를 좀 넘는 금액으로 말이오. 최근의 도매 시세가, 가공한 H 말이오, 1킬로그램당 1만 4000달러 이상으로 뛰었다오.」

라이온스는 놀랍다는 듯 가느다랗게 휘파람 소리를 냈다.

「엄청난 이익이로군!」

놀라서 숨을 죽인 음성으로 그가 말했다.

「그렇소. 지금 당장은 내가 그곳에 일자리를 구하기는 어려울 것 같소. 오늘 아침에 당신네가 멋진 습격을 벌인 대가로 말이오.」

「그들 배 중의 하나를 그냥 빠져 나가도록 방치해 두었소. 계속 우리가 감시를 하고 있소.」

「좋은 생각이오. 그 배를 잘 다루기만 하면 그들의 사업 체제를 완벽하게 꿰뚫을 수가 있을 거요.」

「정말이지 당신은 보란일 수도 있겠는데요?」

그의 승객은 웃음을 터뜨렸다.

「그런 생각으로 시간을 낭비하지 마시오!」

「생각을 전개하는 방식도 그렇고 말투도 그 사람처럼 느껴집니다.」

「그가 팜 스프링스에서 죽었다는 얘기는 모르는 사람이 없을 만큼 쫙 퍼진 줄로 아는데?」

「우리는 그의 시체를 발견하지 못했소. 당신은 팜 스프링스에 대해 어느 정도 알고 있소?」

「페나라는 이름의 늙은 총잡이가 그 지역을 책임지고 있소. 그런데 그는 행방 불명이오. 아니면 그 비슷한 일을 당했든지. 그 도둑떼들은 그가 어찌되었는지 모두 궁금하게 여기고 있소.」

「페나는 지금 구류중이오.」

「뭐라고 그랬소?」

「흥미 있으시오?」

「그런 것 같소. 내 정보와 교환합시다.」

「그러지 말란 법도 없지. 이미 알 만한 사람은 다 알고 있으니까. 아니면 곧 다 알려질 테고. 브래독이 오늘 그곳으로 올라갔었소. 그리고는 사태의 전모를 공개해 버렸단 말이오.」

「무슨 얘기요? 무슨 사태를 뜻하는 거요?」

「총격전이 있은 지 얼마 뒤부터 팜 빌리지 경찰서에서는 페나를 안전하게 보호 구류시켜 두었다는 거요. 그 자신의 요청이었다고 했소. 그곳 경찰서의 우두머리는 좀 괴상한 인물인데 페나를 자기 집에다 숨겨준 모양이오. 아니, 아니오. 속단은 마시오. 그저 그곳이 불가침의 지역이었기 때문이오. 브래독은 그렇게 생각하고 있다오.」

경위의 눈꺼풀이 반쯤 닫히고 있었다.

「브래독이 누군지 왜 당신은 묻지 않소?」

「브래독이 어떤 자인지 잘 알고 있소.」

미스터 포인터가 침착하게 대꾸했다.

「당신이 누구인지 나도 잘 알고 있소. 당신은 보란, 맥 보란이오.」

경위는 불쑥 말했다.

「정신 나갔소, 당신?」

보란은 다시 너털웃음을 터뜨리며 유쾌해 했다.

「훌륭한 분장이오, 보란. 당신이 이렇게 빨리 변신할 수 있었다는 건 미처 상상도 할 수 없었소. 당신은 누구로 위장하고 있는 거요? 어쩌면 내가 당신의 위장에 도움이 될 수도 있을 거요.」

「고맙소. 그런데 당신은 아직도 잠이 덜 깬 것 같군요.」

미스터 포인터는 문을 비틀어 열었다. 차 안의 실내등이 켜지자 라이온스는 그의 얼굴을 분명히 살펴볼 수 있게 되었다.

「다음 계획이 세워지면 다시 전화하겠소.」

「그렇게 해주시오. 새로운 작전 계획에 참가하고 있는 사람 가운데 하나가 당신에게 무척 흥미를 느끼고 있소. 그는 정보를 올바르게 평가하는 탁월한 재주를 가진 사람이오. 당신에게 이렇게 얘기해 보라는 부탁을 받았소.」

「그가 있는 곳이 어딥니까?」

「연방 경찰 본부. 그는 브로렐라라는 사람이오. 공갈 협박이나 횡령 따위에 흥미를 느끼고 있다고 했소.」

「요즘 사람들은 모두 그 따위 일에 흥미를 느끼니까.」

보란은 눈살을 찌푸리며 다시 입을 열었다.

「브로렐라라? 내가 그런 작자를 좋아하게 될지는 아직 잘 모르겠소.」

「그는 강직한 사람이오. 그의 이름이 이탈리아 식이라는 이유만으로…….」

「알았소, 알았소.」

미스터 포인터는 곧 변명했다.
「내 친구들 중에도 이탈리아 식의 이름을 가진 자가 있소.」
그는 차에서 내려 어둠 속으로 사라져 버렸다.

줄리앙 디조르쥬는 프랭크 럭키를 환영하기 위해 두 팔을 벌리고 온화한 미소를 입가에 잔뜩 머금었다.
「들어오게, 어서 들어와!」
카포는 앞으로 다가서서 그를 얼싸안았다.
「앉게나, 편히 앉아. 나는 마실 것을 마련하고 있었네. 자네 아직도 스카치로 하나?」
프랭크 럭키는 피곤한 듯한 미소를 지으며 의자에 무너지듯 주저앉았다.
필립 마라스코가 보란의 담배에 불을 붙여 주기 위해 가까이 다가섰다. 디조르쥬는 한 손에는 스카치 잔을 들고 나머지 손에는 얼음을 쥐고 자기 의자로 가 앉았다. 세 사람은 서로 마주 볼 수 있게 자리잡고 있었다.
보란은 생각했다. 과잉 친절과 접대가 암시하는 바가 무엇인지를 그는 놓치지 않았다. 그들은 자신의 긴장을 풀어 놓기 위해 대단한 노력을 쏟고 있었던 것이다. 겉으로 보기에는 그 노력은 충분한 효과를 본 것 같았다. 그러나 보란은 속으로 이 삼자 회담이 가져올 엄청난 결과에 대해 긴장을 풀지 않은 채 대비하고 있었다.
「피곤해 보이는군, 프랭크!」
디조르쥬가 다정하게 말을 꺼냈다.
「자네는 훌륭한 정보원이 될 수 있겠어. 온종일 쉬지도 않고 열심인 걸 보니…….」

「그렇지도 않습니다. 나는 늘상 나 자신만을 의지하며 살아온 에고이스트에 지나지 않습니다. 가까운 시일 내에 내 조직을 하나 마련해 볼까 하고 생각 중입니다.」

「보란이란 작자에 대해선데, 뭔가 좀 실마리가 보이나?」

마라스코가 조용하게 물어 왔다.

「그렇다네. 또 다른 일도 있고…….」

「보란이 자신 있게 대답했다. 그는 마라스코를 뚫어져라 바라보며 다시 입을 열었다.

「멕시코 창고 습격 사건에 대한 얘기를 들었는데, 그건 어떻게 된 건가?」

「그렇고 그런 일들 중의 하나라네. 프랭크.」

디조르쥬가 재빨리 끼여 들었다.

「힘으로 움직이는 세상이라는 걸 배우는 거야. 잊어버려. 이보게. 자네는 지금까지 항상 혼자서 일해 왔나? 자네는 육군이나 해군, 그런 데에 소속된 적은 없었나?」

보란은 웃음을 터뜨리며 마라스코를 향해 말했다.

「여보게. 필립 허니, 우리 두목은 나를 뭘로 생각하는 건가? 나를 무슨 무골 호인이나 물렁뼈로 보는 거 아냐?」

디조르쥬는 희미하게 웃으며 그의 잔 뒤로 눈길을 감췄다. 그는 술을 한 모금 마시고는 말을 이었다.

「그러니까 멍청이들이나 제복을 입는다 이건가? 응? 자네는 징집 영장을 불태워 버린 건가, 럭키?」

「멍청이들이나 징집 영장을 불태우는 짓을 하죠.」

보란이 유쾌한 표정으로 말을 이었다.

「다른 방법은 얼마든지 있습니다. 대신에 다른 녀석을 슬쩍 들여 보내는 방법도 있죠. 그런 얘기 못 들었습니까?」

디조르쥬의 눈썹이 치켜 올라갔다. 그의 눈길이 마라스코의 눈길과 얽혀 들었다.

「그래, 그런 얘긴 나도 들은 적이 있네.」

디조르쥬가 주의 깊게 말했다.

「그들은 프랭크 램브레터한테는 어떤 제복도 입히지 못했습니다. 제복을 착용한다는 건 감옥에 들어가는 것과 마찬가집니다. 천만에요. 난 그런 건 안 입습니다.」

보란은 마치 내친 김에 다 말해 버리겠다는 듯 손을 크게 내저었다.

「디스, 들어 보십시오. 오늘 우연히 어떤 사실을 알게 되었는데 당신은 그걸 주의 깊게 들으셔야 할 것 같습니다. 게다가 모든 사람들이 그 멕시코 습격 사건을 떠들어 대고 있는 판국이니까요.」

「그래, 뭔가?」

디조르쥬는 마라스코를 향해 능글맞게 웃어 보였다. 그의 시선은 곧 보란에게로 옮겨졌다.

「오늘 하루 종일 어디에 있었나, 럭키?」

「그 문제에 대해 지금 얘기하려고 하는 겁니다. 들어 보십시오. 내가 팜 빌리지를 어슬렁거리고 있을 때 거기서 루이 페나에 대해서 사람들이 하는 얘기를 듣게 되었죠. 그 사람은 아마 새장 속에 갇힌 새의 신세가 돼버린 모양입니다.」

마라스코의 손이 호주머니 속으로 들어가 담뱃갑을 꺼냈다. 디조르쥬는 훅 하고 숨을 내쉬었다.

「무슨 말을 하고 있는 건가, 자네?」

「바로 이렇습니다. 루이는 팜 빌리지의 경찰들과 아주 느긋하게 지내고 있다는 이야기죠. 최근까지 계속해서 말입니다. 그리고 이것도 들어 주십시오. 그에게는 별다른 죄가 없다는 것입니다. 다만, 내가 알고 있는 사실은 그 자신이 경찰의 신세를 지겠노라고 요청했다는 점입니다.」

마라스코의 담배가 두 도막이 나더니 카펫 위로 떨어졌다. 그는 그것을 다급하게 집어 들고는 재떨이에 던져 넣었다.

「맙소사!」

하고 그는 탄식했다.

「내가 뭐라고 하던가, 필!」

디조르쥬는 조용히 입을 열었다.

「내가 몇 시간 전에 그러지 않았나! 누군가 루이를 찾아가 만나 보아야 한다고 말이야.」

「도대체 왜 그가 우리를 배신했을까요?」

마라스코는 믿을 수 없다는 투로 말했다.

「문제는 누가 그를 다시 데리고 오느냐는 거야.」

디조르쥬는 얼굴이 벌겋게 상기된 채 말했다.

「그를 찾아오기를 바랍니까, 디스?」

「그렇게 해주겠나, 프랭크?」

그는 프랭크에게 시선을 고정시킨 채 말했다.

「내가 그 일을 맡죠.」

「자네의 용기를 나는 좋아한다네, 럭키.」

보란은 벌떡 일어서더니 빈 잔을 테이블 위에 천천히 내려놓았다.

「고맙습니다. 내 경우는 이른 아침에 뭐든 잘 떠오르죠.」

「남자란 그 자신의 일을 위한 시간과 장소를 스스로 선택해야 하는 법이야.」

디조르쥬는 만족스럽다는 표정이 되었다.

「이제 좀 쉬어야겠습니다. 피곤해서 못 견딜 지경입니다.」

「그럴 거야. 그렇게 하게!」

디조르쥬는 우울한 눈빛으로 필립 마라스코를 응시하고 있었다.

「자네는 항상 그런 식으로 일을 해왔으니까, 럭키. 이번 일에 자네는 후원자와 함께 일을 하게 될 걸세. 이의는 없겠지?」

「거 대단히 훌륭한 생각이시군요.」

프랭크 럭키 보란은 먼저 자리를 뜨는 걸 사과하고 방에서 나왔다.

디조르쥬와 마라스코는 얼마 동안 침묵을 지키고 그대로 앉아 있었다. 먼저 마라스코가 입을 열었다.

「어떻습니까?」

「끝났어. 확실해지지 않았나? 그는 말일세, 자기 대신에 헐렁한 허수아비를 내세울 줄 아는 그런 사람이야.」

「그는 언젠가는 카포가 되려는 야망을 품고 있습니다.」

마라스코는 자기 의견을 분명히 밝히며 웃었다.

「당신도 그렇게 보셨겠지요, 디스?」

「그게 우리들의 일이 아닌가? 안 그런가?」

디조르쥬는 조금 흥분하여 말을 계속했다.

「나도 이제 후계자를 찾게 된 것 같군. 우리 현실적이 되기로 하세, 필. 그렇다고 자네에게서 등을 돌리겠다는 얘기가 아니야.

잘 생각해 보게. 지금 이 일을 끝낼 만한 사람을 내가 어디서 찾겠나?」

「물론 나는 그런 인물이 될 수는 없겠죠?」

마라스코는 짤막하게 답변했다.

「애들한테 일러. 루이를 위해서 불을 환히 밝혀 두라고. 알았나?」

「물론입니다, 디스.」

「궁금한 게 또 있어.」

카포는 깊은 생각에 잠긴 채 거의 들리지 않는 목소리로 말했다.

「궁금한 게 또 하나 있는데, 어떻게 생각하나? 프랭크 럭키가 아직도 안드레아와 깊은 관계인가?」

마라스코는 킬킬거리며 자신의 두목을 바라보았다.

17
평화를 위하여

팀 브래독 주임은 의자에 앉아 몸을 안쪽으로 기울이며 말했다.

「난 도무지 알 수가 없어. 자네가 어떻게 스스로 그런 혼란 속으로 빠져들어 갔는지 말이야, 징기스.」

콘은 냉정하게 대답했다.

「나는 혼란에 빠져든 게 아니오. 적어도 당신이 간섭을 시작하기 전까지는 말이오, 브래독. 나는 그 자를 난관에 빠뜨렸소. 그는 아무도 괴롭히지 않았는데 말이오. 그런데 당신이 그를 그토록 놀라게 만들었단 말입니다. 그는 슬슬 나에게 접근하고 있었소. 이제는 내가 자신의 일에 책임을 지거나 아니면 이곳에서 떠나게 해달라고 부탁하고 싶소.」

호리호리한 몸집의 사복 경찰관은 젖은 잎담배 조각들을 마룻바닥에 뱉어 냈다. 그리고는 덧붙였다.

「당신에게 무슨 근거가 있다는 거요, 팀?」

「우린 갖고 있어.」

「무엇에 대한 걸 말요?」

콘은 지긋지긋하다는 투로 물었다.

「자네가 이름을 붙이도록 해주지. 우리는 그걸 갖고 있다네. 형사 범죄 음모가 그 하날세. 다른 하나는 타인을 살해하겠다고 공공연하게 공갈 협박한 죄일세.」

「어느 도시에서 그런 범죄가 저질러졌다는 거요, 브래독?」

로스앤젤레스로부터 온 주임은 침착하려고 노력하고 있었다.

「그 음모는 로스앤젤레스에서부터 계획되었어. 우리는 그것을 증명할 수 있어. 범죄 발생 예정 지역만 해도 3,4개 군에 달한다네. 이 건에 대해서는 새크라멘토 팀도 우리와 같이 뛰고 있어. 우리는 곧 이 주에 있는 범죄 기지를 습격할 예정일세, 징기스. 군 경찰의 도움이 있으면 더욱 좋겠지만 도움이 없다 해도 작전은 수행할 걸세.」

「〈불치의 죄인〉 작전은 포기되었다고 들었소.」

콘은 나지막하게 말했다.

「물론 그렇게 되었네. 그렇지만 나는 검찰 총장 휘하의 특수 업무 파트에 소속됐다네. 우리는 이곳에서, 바로 자네의 훌륭하고 매력적인 이 마을에서 작전을 개시하고 있는 거라네. 그러니 자네는 미리 변명거리나 궁리해 두라구. 무슨 이유로 자네의 깨끗한 마을에서 잘 알려진 범법자를 감춰 두고 있었는지에 대해서 말일세.」

「누굴 두고 잘 알려진 범법자라고 하는 겁니까?」

콘이 의아한 표정을 지었다.

「말꼬리를 붙잡고 나와 씨름을 할 생각은 말게.」

팜 빌리지의 경찰서장은 모자를 위로 밀어 올리고는 이마를 조급하게 문질렀다.

「이 마을에서 일어난 습격 사건과 페나는 아무런 관계가 없소. 당신도 알잖소? 단 한순간도 그런 생각은 마시오. 그를 범법자 명단에 올리지 않았다는 이유로 내가 대법원으로 끌려가 재판을 받으리라는 그 잘난 추측을 말이오. 사실 브래독, 당신이 얘기한 바로 그 사람이 내 집에 귀한 손님으로 와 있소. 어쩌겠다는 거요?」

갑자기 벌떡 일어선 콘은 모자를 벗어 마룻바닥에 내팽개쳤다.

「브래독! 당신은 지독한 기회주의자일 뿐이오! 그래 어디 한번 남자답게 얘기해 봅시다!」

브래독은 큰 소리로 웃어 대다가 자신의 모자도 벗어 멀리 내던졌다.

「그렇게 하세.」

「페나는 너무 겁을 먹은 나머지 넋이 나간 상태였소. 그를 그렇게 만든 것은 자신이 맥 보란 같은 자를 잡을 만한 그릇이 못된다는 사실을, 결코 그를 잡을 수 없다는 것을 잘 알고 있었다는 사실이오. 그는 초조해진 거요. 게다가 자존심이 대단했던 그였으니 그야말로……. 그는 자신이 점차 늙어가고 있다는 사실에도 겁을 먹고 있었소. 그래서 더더욱 불명예로 얼굴에 먹칠을 한 채 집으로 돌아갈 수는 없다고 생각하게 된 거요. 나는 그 자가 좋아졌소. 정말이오. 그가 이제까지 무슨 짓을 해왔는지 몰랐던 탓이오. 아니, 그게 아니라 그가 무엇을 해온 사람인지를 내가 알았다고 해도 마찬가지였을 거요. 그가 나를 찾아온 이유가 뭔지, 무슨 거래를 제의했는지, 그게 어떤 일인지 들어 보고 싶소? 보란을 잡는 일을 내게 맡긴 거요. 즉, 그는 내게 보란을 잡아 달라고 했소. 그 대가로 내게 10만 달러의 상금을 현금으로 지불하겠다는 것이었소. 아시겠소? 그게 그가 나를 찾아온 가장 큰 이유였소.」

「자네의 대답은 어떤 것이었나?」

「날 모욕하지 마시오, 브래독.」

콘은 벌컥 화를 냈다.

「내가 경찰관들의 기질에 대해서 어떤 생각을 품고 있는지는 당신도 알고 있잖소? 20년 전이었다면, 나는 그를 시궁창에 처박아 버리고 영장을 신청하기 위해 법원으로 달려갔을 거요. 당신이 지금 그렇게 하기를 바라는 것처럼 말이오. 이놈의 사막과도 같은 땅덩이에서 사람이 배우는 게 있다면 그건 참는다는 것뿐이오. 1년이 지나건 한 달이 지나건 여기에서는 크게 다를 바가 없으니까. 아직 페나는 내 대답을 듣지 못했소. 나는 그를 갈고리에 매달아 놓고 멀찌감치 앉아 즐기듯 그를 감시하고 있었단 말이오. 그것도 당신이 위협을 해대며 쑤시고 들어오기 전의 일이지만.」

「갈고리?」

브래독은 자신의 흥분된 감정을 애써 억제하면서 조용히 물었다.

「우리는 흥정을 하고 있던 참이었소. 내가 돈에는 별 흥미가 없다는 사실을 그는 잘 알고 있었소. 더군다나 내가 지금 무엇을 갖고 싶어 안달을 하고 있다는 것도 알고 있었습니다. 이 사실을 이해해 주시오, 브래독. 그놈들이 이 마을을 발칵 뒤집어 놓았소. 나는 그 사실을 그냥 덮어둘 수가 없었소. 그들 모두를 잡아야겠단 말이오. 그놈들을 몽땅!」

「어떤 형태의 거래요?」

브래독은 집요하게 물고 늘어졌다.

「파리 평화 회담은 2주일 전에 끝났소. 나는 그에게 이렇게 얘기했소. 〈여보게, 페나. 내 얘길 들어 보게. 나는 마피아 세 놈의 머리통 대신에 보란의 손가락을 두 개 내놓겠네.〉 그러자 그가 이렇게 말했소. 〈이봐요, 징기스, 당신 말만 하고는 끝인가? 내게 생각할 시간을 줘야 할 게 아닌가?〉 그로부터 이틀이 지난 후에 그는 다른 제안을 들고 나왔소. 십중 팔구는 무리한 제안이기 일쑤였소. 그래서 나는 내 제안에 대해 주가를 올리려고 애쓰고 있던 참이었소.」

「나에게도 같은 얘기를 할 작정인가, 징기스?」

「물론이오.」

「페나에게 어떤 식으로 그런 확신을 갖게 한 건가? 자네가 그를 만족시킬 만한 어떤 것을 갖고 있다는 것을 그에게 어떻게 확신시켜 줬나?」

콘은 어깨를 으쓱해 보였다.

「그에게 세뇌 요법을 쓴 거요. 보시오, 브래독. 그 자는 가문에 돌아가는 일에 겁을 먹고 있었소. 그가 여기에 오래 머물러 있으면 있을수록 빈 손으로 가문에 돌아가는 일은 더욱 힘들어지는 거요. 내가 그 자를 갈고리에 매달아 두었다고 얘기한 것은 바로 그런 뜻이었소.」

브래독은 꿈꾸는 듯 창 밖을 오래도록 응시하고 있다가 속삭이듯 말했다.

「멍청한 짓이야, 징기스, 자네 쪽에 그 거래를 성립시킬 만한 어떤 카드가 없다면 어쩔 텐가?」

「나는 그걸 가지고 있소.」

콘은 시선을 떨구며, 그러나 단호하게 대답했다.

「무엇인가?」

「당신은 왜 지옥에라도 가지 않소?」

브래독은 길게 한숨을 내쉬었다.

「5분간만 자네와 얘기를 계속하겠네, 그 뒤에는……. 난 말일세, 나는 자네가 손도 얼굴도 더럽히지 않기를 바랄 뿐이네. 징기스, 만일 자네가 곤란에 처해 있는 보란을 그런 식으로 조종하고 있다면 그때는…….」

「그건 협박처럼 들리는군요, 주임님!」

「협박이라고 생각하게.」

콘은 허리를 굽혀 마룻바닥에 내팽개쳤던 모자를 집어들었다. 모자를 눌러쓴 그는 회전 의자에 깊숙이 몸을 묻었다. 그리고는 신선한 담뱃잎을 한 움큼 입 속에 털어 넣고 몇 분동안 빠른 입놀림으로 씹어 대기 시작했다. 얼마 후 그는 무거운 한숨을 토해내더니 입을 떼었다.

「나는 확신하고 있소. 보란은 이곳 팜 빌리지에서 성형 수술을 한 거요. 그래서 우리가 못 알아보고 있는 걸 거요. 틀림없소.」

브래독의 얼굴 근육이 경련을 일으켰다. 그는 콘을 노려보며 무섭게 추궁했다.

「어디에서? 누구에 의해?」

「저 위, 뉴 호라이즌 가에서.」

「그곳에 성형의가 있었나? 바로 그게…… 이런, 징기스! 뉴호라이슨 가라구! 지금 성형 수술에 대해 말한 건가?」

「당신도 이미 알고 있으리라 생각했는데…….」

콘은 열심히 담뱃잎을 씹어 대며 부드러운 어조로 말했다.

「콘, 너를 구속하겠다!」

브래독은 입에 거품을 물고 소리쳤다.

「약속한 5분은 아직 다 지나지 않았소.」

콘이 두 눈을 반짝이며 짧게 대꾸했다.

「5분이라구? 널 5년은 처박아 둘 수 있어!」

「그러시겠소? 어쨌든 당신은 나에게 5분을 허락하지 않았소?」

콘은 다시 상기시켰다. 그는 자신의 갈비뼈 사이에 난 상처를 옷 위로 만져 보고는 이마 밑까지 모자를 눌러 썼다.

「이번에는 내가 5초의 여유를 주겠소. 당신의 그 뚱뚱한 엉덩이를 내 사무실에서 치우는 데 말이오. 가서 영장을 갖고 오시오.」

디조르쥬 저택에서 자신이 폭도의 무리로 전락하고 만 것 같은 행동을 했던 것에 대해 저항을 느꼈던 보란은 팜 스프링스의 휴양 호텔에서 며칠 지낸 덕분에 기분이 많이 좋아졌다. 그는 자신의 자유를 마음껏 즐겼다. 표면상으로는 아무런 제약도 받지 않고 그 저택을 출입할 수 있었다. 그러나 저택 안에서의 그의 행동은 늘 감시의 대상이 되고 있다는 사실을 알고 있었다. 그는 어느 벽과 천장에 감시 카메라가 감춰져 있는지도 이미 눈치 채고 있었다. 자신의 호텔 방에서 도청 장치를 발견해 낸 적도 있었다. 그러나 이 조직에서 벌이고 있는 사업에 관계되는 중요 정보를 빼내려는 그의 노력은 멈춰지지 않았다. 그리하여 그는 〈미스터 포인터〉 작전에 전력을 기울이고 있는 칼 라이언스에게 그런 정보를 넘겨줄 수 있었던 것이다.

안드레아 다고스타와의 접촉 기회는 매우 드물었으며 이루어졌다 해도 곧 끝나 버리곤 했다. 그녀 쪽에서 나타내는 너무 노골적인 적의 때문이기도 했다. 그녀보다 연하였던 남편이 산페드로 근처에서 선박 사고로 익사한 것은 그녀 나이 겨우 20세 때였다는 것을 보란은 나중에야 알게 되었다. 그곳 전투원들과의 지루한 대화를 통해서였다.

보란이 그녀의 삶 속으로 뛰어들기 2년 전의 일이었다. 물론 그녀는 저택 내의 사람들에게 관대하고 호의적인 대우를 받고 있었다. 그러나 보란이 관찰한 바로는 디조르쥬 휘하의 남자들은 그다지 그녀를 가까이 하는 것 같지는 않았다. 그녀는 〈카포의 아이〉였으며 그렇기 때문에 함부로 다룰 수 없었던 것이다. 그녀는 〈미국의 아름다운 장미〉라느니 〈미스 암코양이〉라느니 〈쓸모없는 말괄량이〉라고 불리고 있었다.

때로는 〈디스의 비참한 소녀〉라고 불리기도 했다. 물론 이런 명칭들은 디조르쥬나 그의 딸, 또는 그와 관계 있는 사람들의 귀에 닿을 만한 곳에서는 언급되지 않았지만.

보란은 그 전투원들 대부분이 수습 기간중이란 것을, 그리고 자신이 조직 내에서 머지않아 높은 지위에 오르리라는 것을 알고 있었다. 그러나 보란은 자신을 비범하지 않은 흔한 전투원의 하나로 모두들에게 인식시키려고 노력했다. 이제는 그들도 보란이 끼여 든 자리에서도 안심하고 이야기를 나누게 되었다. 가끔 보란이 그들의 대화 중에 슬쩍 끼여 들어 나누는 유머 한 토막에 그들은 폭소를 터뜨리며 마냥 즐거워하곤 하였다. 그가 저택을 방문하기 시작한 지 이제 겨우 1주일 정도밖에 지나지 않았음에도 불구하고 그를 찬양하며 뒤를 따르겠다는 사람들이 생길 정도였다.

〈프랭크 럭키가 유산을 상속받는다〉는 얘기는 이제 공공연한 사실이 되어 버렸다. 그래서 몇몇 가난한 저택 경호원들은 그의 패거리에 끼여 들게 된 것을 행운으로 여기고 있었으며, 영광의 날이 올 때를 고대하고 있었다. 보란은 이런 유형의 사람들을 충동질하면서 비상시에 이용이 가능하도록 몇몇 경호원들을 서서히 포섭해 나갔다.

10월 21일 밤에 저택을 나서면서 그는 주차장으로 가기 위해 정원을 가로지르는 길을 택했다. 결국 그는 좀처럼 만날 수 없는 사람——안드레아 다고스타를 만나게 되었다. 그녀는 수영복 위에 가운을 걸친 차림으로 풀 옆의 기다란 휴식용 매트 위에 누워 있었다. 보란은 그녀에게 조용히 말을 건넸다.

「요즘은 어때? 안드레아.」

「아, 그저 그래. 괜찮아요.」

그녀는 감정이 묻어나지 않는 목소리로 대답했다. 그러나 보란과 눈이 마주치자 그녀의 표정이 조금 흔들렸다.

「당신 친구들한테서 수영장 근처엔 얼씬거리지도 말라는 얘기 못 들었어요?」

「내가 잊어버렸나 보군.」

보란은 미소를 지어 보이며 말을 이었다.

「아니지. 그건 사실이 아니야. 나는 당신 속에 스며들어 가고 싫어 안달이 날 지경이었어.」

「당신은 너무 자주 나한테 부딪쳐 와요, 램브레터 씨!」

그녀는 냉정하게 쏘아붙였다.

「미안해. 안드레아.」

보란은 부드러운 표정으로 사과했다. 그가 그대로 자리를 뜨려 하자 그녀는 야유를 퍼붓기 시작했다.

「빅터 포피가 플로리다에서 돌아오기만 하면 그땐 더 미안하게 될 거예요!」

보란의 걸음을 멈추게 한 것은 그 말 자체 때문이라기보다는 말의 억양 때문이었다. 그는 천천히 돌아서서 그녀가 누워 있는 매트 곁에 우뚝 섰다.

「무슨 소리야?」

그는 억눌린 목소리로 물었다.

안드레아의 두 눈이 정원의 여기저기를 살폈다. 그리곤 두 팔을 활짝 벌리며 입술을 내밀었다. 보란은 그녀를 힘껏 껴안았다. 그러나 안드레아의 입술은 보란의 목덜미를 핥고 있었다.

「그들은 당신이 가짜일지도 모른다는 생각을 하고 있어요.」

그녀는 손을 놀려 어깨를 쓰다듬으면서 속삭였다.

「나도 그렇게 생각해요. 뭐예요, 당신? FBI? 형사?」

보란은 그녀의 매트 위로 기어올랐다. 그는 팔을 돌려 안드레아의 허리를 끌어안으며 여자의 귀 밑 부드러운 피부에 입술을 갖다 댔다.

「플로리다란 무슨 얘기지?」

「필 마라스코가 그리로 사람을 하나 보냈어요. 감옥에서 나온 사람을 데리고 오라구요. 그 사람이 몇 년 전 뉴저지에서 당신과 알고 지냈다고 말했대요.」

보란은 여자의 입술에 강렬한 키스를 퍼부었다. 그녀는 상대에게 더욱 몸을 밀착시키며 그의 바지 속으로 손가락을 집어 넣었다.

「날 여기서 내보내 줘요, 프랭크.」

그녀는 신음하듯 가늘게 속삭였다.

「염려하지 마. 내가 그렇게 해줄 테니까. 그저 침착하게 기다리고만 있어.」

그녀는 고개를 끄덕이더니 이내 소리없이 울기 시작했다.

「당신의 대부에 대해서 이런 감정을 갖는다는 건 끔찍스러운 일이에요. 그래도 나는 그가 싫어요.」

그녀는 흐느끼는 목소리로 외쳐 댔다.

「나는 그가 미워요!」

「그 증오도 모아 둬야 해.」

「좋아요. 그리고 뭔가 조사해 줬으면 싶어요. 날 위해서요. 프랭크, 약속해 줘요.」

그들은 다시 달콤한 애무 속으로 빠져들어 갔다. 보란이 나지막한 소리로 물었다.

「내 무엇이 당신에게 그런 확신을 심어준 건가, 안드레아?」

그녀는 질문을 무시했다.

「약속해요!」

보란은 고개를 끄덕였다.

「무엇을 조사해 달라고 했지?」

「척이 정말로 어떻게 죽었는지 알아봐 주세요.」

보란은 눈살을 찌푸렸다.

「척이 누군데?」

「찰스 다고스타, 내 남편이었어요.」

보란은 순간, 몸이 굳어 오는 것을 느꼈다. 그는 밀착시켰던 몸을 떼내 그녀의 눈 속을 살피듯 들여다보았다. 안드레아는 그의 시선이 무얼 묻고 있는지 깨달았다. 그녀는 머리를 흔들었다. 보란이 짧게 내뱉었다.

「그는 익사했다고 했잖아?」

「척은 뛰어난 요트 기사였어요. 그는 걸음마보다 수영을 먼저 배운 사람이었단 말예요. 정확한 사인을 조사해 보겠다고 약속해 주세요.」

보란은 자신 있게 대답했다.

「약속하겠어. …… 이제 그 플로리다 문제에 대해 얘기해 보지. 그 자가 누구야?」

「나도 몰라요. 당신의 신분을 확인하기 위해 그를 데려온다는 건 확실하지만요.」

「뭐든 들은 게 있을 게 아냐. 내게 모두 얘기해 줘.」

「그럼 당신은 정말 프랭크가 아니로군요.」

그녀는 흥분에 들뜬 채 속삭였다. 보란은 낄낄거리다가 그녀로부터 몇 걸음 물러났다.

「나는 놀라는 것을 별로 좋아하지 않는 모양이야.」

그는 그녀에게 다가가 입술에 살짝 입을 맞추었다. 그리고는 정원을 가로질러 사라져 버렸다.

그가 주차장에 이르는 모퉁이를 돌아섰을 때 어둠 저쪽으로부터 그림자 하나가 불쑥 튀어나왔다. 그림자는 손가락 두 개의 평화의 표시를 만들어 보였다. 보란은 안드레아 경호 임무를 맡고 있는 그 부드러운 인상의 젊은이를 알아 보았다.

「평화, 평화를 위하여!」

젊은이는 낮은 소리로 외쳤다.

「나 역시!」

프랭크 럭키는 웃으면서 젊은 경호원의 어깨를 툭 치고 그의 차로 갔다. 젊은이는 그가 차 안으로 들어갈 때까지 문을 잡고서 있었다. 그리고는 유리창에 고개를 들이밀면서 탄복한 시선으로 보란을 바라보았다.

「당신이 여기를 떠날 때 내가 당신과 함께 동행할 수 있다면, 럭키, 난 정말 기쁠 텐데.」

보란은 그에게 윙크를 보냈다.

「기억해 두겠네. 베니 피스풀.」

경호원은 즐겁게 웃었다.

「어때? 한 번 멋지게 휘둘러 볼 만한 이름 아닌가?」

「틀림없이 그렇게 될 거야.」

보란은 차의 라이트를 켜며 말했다. 그는 정문 수위를 흘낏 쳐다보고는 속도를 높여 날듯이 저택을 빠져 나갔다.

「저기 프랭크 럭키가 무언가를 휩쓸어 버리기 위해 떠나는군.」

경비원 중의 하나가 말했다.

「내 이름이, 검은 옷의 맥 보란이 아닌 게 정말 다행이야.」

또 다른 경호원이 대꾸했다.

「나 역시 그런 생각이 드는데?」

첫 번째의 경호원이 조용히 말했다. 그는 빠르게 사라져 가는 차의 범퍼에서 뿜어져 나오는 불빛의 긴 꼬리를 바라보고 있었다.

18
잔인한 살인

10월 22일, 태양이 막 떠오르기 시작할 무렵 필립 마라스코는 줄리앙 디조르쥬를 깨웠다.

「애들 다섯이 없어졌습니다. 아마 페나와 합세하기 위해 달아난 것 같습니다.」

「누구 누구야?」

아직 잠이 덜 깬 상태에서도 디조르쥬는 으르렁거렸다. 마라스코는 카포의 손에 커피 로얄을 쥐어 주며 담배 한 개비를 뽑아 그의 입술 사이에 끼워 주었다.

「그 여우 같은 놈이 남겨 두었던 일당들입니다. 윌리 워커와 그 패거리들이죠. 그들은 지금껏 그가 어디에 있는지 알고 있었던 것이 분명합니다.」

「프랭크 럭키에게 그 소식을 알리는 게 좋겠군.」

마라스코가 들이민 라이터에 불을 붙이며 디조르쥬가 조급하게 외쳤다.

「그를 찾았지만 늦었습니다. 그는 벌써 이곳을 떠났답니다. 공작을 위해 이미 그곳에 가 있는 게 아닌가 싶습니다. 그에게 다른 애들을 좀 붙일 걸 그랬나요?」

디조르쥬의 시선이 벽시계 바늘에 맞춰졌다. 그는 알코올이 섞인 커피를 한 모금 마셨다. 그리고는 천천히 담배를 빨아 들이면서 다시 한 번 시계를 쳐다보는 것이었다.

「아니야, 그러기에는 너무 늦었어. 그저 한번 두고 보는 거야, 필. 프랭크 럭키의 솜씨가 얼마나 훌륭한지 말이야.」

「너무 불리한 조건이 아닙니까, 디스?」

마라스코가 걱정스럽다는 듯 말했다.

「글쎄, 꼭 그렇기만 한 것도 아닌 것 같은데…… 어쨌든 시체를 묻기 전에 잠시 기다리면서 살펴보는 일도 재미있잖나? 자네는 곧 나가서 차를 몇 대 준비시켜 둬. 당장 쓸 수 있도록 말이야.」

마라스코는 말없이 문을 향해 걸어갔다. 그는 뭔가 말할 듯 돌아섰다가 마음을 바꿔 먹고는 스스로에게 투덜대며 밖으로 나갔다.

「그게 지금 우리가 취할 수 있는 최선의 방법이라면…….」

잠들어 있던 루이 페나는 몇 번 몸을 뒤척이다가 갑자기 벌떡 일어나 앉았다. 조용한 목소리로 누가 그를 부르고 있었다.

「이봐, 루이! 나야, 윌리라구!」

침대 머리맡의 실내등이 켜졌다. 윌리 워커가 미소를 머금고 침대 곁으로 다가왔다. 그는 페나의 팔목을 철제 침대의 기둥에

얽어 매놓고 있던 수갑을 풀어 주었다.

「언제 놈들이 이 더러운 것을 채워 놨나?」

「바로 어젯밤이었어.」

페나가 말했다.

「그래? 너무 오랫동안 고생했군!」

그는 수갑 자국이 선명히 남아 있는 손목을 연신 문질러 대면서 급히 옷을 입기 시작했다.

「서장이 다 불어 버렸어. 그래서 로스앤젤레스 경찰이 나를 이 꼴로 만들어 버렸다구.」

「그렇게 조심해서 말할 필요는 없어.」

워커가 루이를 안심시키듯 말했다.

「우리가 놈들을 붙잡아 뒀으니까……」

페나는 들뜬 목소리로 물었다.

「그 늙은 여자도?」

「마찬가지야. 그렇지만 그들을 빨리 해치우는 게 좋아. 프랭크 럭키란 놈이 언제 들이닥칠지 알 수가 없는 형편이니까.」

페나는 바짓가랑이에 걸려 비틀거리며 물었다.

「프랭크 럭키는 또 누구야?」

「아, 자네가 모르는 일이 그 동안 한두 가지만 벌어진 게 아니야. 프랭크 럭키란 놈은 동부에서 온 총잡이야. 일이 잘못 꼬여서 그 녀석이 자네를 없애기 위한 살인 청부를 맡았단 말이야, 루이.」

페나의 두 눈이 경악으로 휘둥그래졌다. 그는 믿을 수 없다는 듯 말했다.

「설마 디스가 그렇게까지 극단적으로 나오려구.」

「지옥에 발을 들여 놓고 싶거든 그 따위 소리를 하라구!」

워커는 무릎을 꿇고 앉아 페나의 두 발에 양말을 끼워 올리고 있었다. 예비역 카포는 자신의 셔츠 속에서 허둥댔다.

「당신이 경찰들하고 편안한 거래를 하고 있다고 그는 생각하고 있어. 애들이 밤새도록 불을 밝혀 놓고 있었다니까 무슨 일인가가 곧 벌어질 것 같아.」

페나의 손가락은 셔츠의 단추 구멍에서 자꾸만 미끄러져 내려가고 있었다. 그는 꿈꾸듯 중얼거렸다.

「지금 그에게 가야 해. 그는 그런 야박스런 짓을 취소하게 될 거야. 이제 일이 다 끝나 가려는 참이었는데……. 전화 좀 해줘, 윌리. 그에게 얘기해. 내가 지금 보란의 흔적을 제대로 찾아냈다고 말이야. 디스한테 이렇게 얘기해. 보란이 성형 수술을 받았다구. 바로 이 팜 빌리지에서. 이곳 의사에게서 수술을 받은 거야. 난 이제껏 그걸 알아내느라고 동분 서주하고 있었다고 그래. 디스한테 얘기하게. 그자의 얼굴을 바꿔준 사람도 알고 있다고. 그리고 나는 그자의 달라진 얼굴도 알아볼 수 있다구 얘기해 줘. 윌리, 내 말을 정확히 전해야 돼. 그는 틀림없이 그 어리석은 살인 청부 계약을 취소할 거야.」

워커는 우울한 얼굴로 페나를 쳐다보았다. 그는 머리를 끄덕여 그러겠다는 뜻을 표시했다.

「그러긴 하겠네만……. 루이, 그렇지만 이런 일이 어떻게 진행되어 왔는지는 자네도 잘 알잖아. 자넨 지금 무슨 계획을 세우고 있는 거야? 정확히 얘기를……..」

「내가 그 의사를 알아냈다니까. 너도 그곳을 알 거야. 동쪽에 있는 휴양소 말이야.」

워커는 당혹한 표정이 되었다.

「그래? 나도 알고 있지.」

그는 허공을 향해 주먹질을 해댔다.

「잘 들어. 애들 넷이서 밖에서 망을 보고 있으니 걱정하지 마. 그들이 자네를 도와줄 거야. 그들을 그곳으로 데리고 가. 나는 여기 남아 디스에게 연락을 취해볼 테니까. 그리고 나중에 그곳에서 자네와 합류하겠어. 자, 재빨리 움직여야 해. 누가 여기 들어와서 경찰관과 그 마누라의 꼬락서니를 발견하게 되면 그 지긋지긋한 지옥이 또 이 마을에 쏟아져 내릴 판이니까.」

페나는 코트를 머리 위로 뒤집어썼다.

「너는 알겠지, 윌리? 내가 이번 임무를 얼마나 진지하게 수행해 왔는지 말이야.」

「물론, 다 알고말고!」

워커는 재빨리 대답했다. 그리고는 페나에게 총을 건네준 다음 그의 주머니 속에다 약간의 탄환을 쑤셔 넣었다.

「이걸 유용하게 써야 할 거야.」

보란의 메르세데스는 이른 아침의 시골 밭길 사이로 조용히 굴러 갔다. 그는 로드타운의 더러운 폐선을 지나서 광장 너머 두 블럭 건너편에 있는 공중전화 부스 앞에 차를 세웠다. 그는 전화번호부를 뒤져 징기스 콘의 집 주소를 알아냈다. 다시 차에 올라탄 그는 세 블럭쯤 더 달려가 콘의 집으로부터 얼마쯤 떨어진 길옆에 메르세데스를 세웠다.

그는 가방을 열고 긴 총신의 38구경을 끄집어 냈다. 탄환이 제대로 채워져 있는지, 탄창은 잘 돌아가고 있는지 살펴본 후 그는 총에 소음 방지기를 부착시켰다. 그리고 그는 차에서 내려 주택가 뒤쪽의 골목길로 걸어 올라갔다.

보란은 징기스와 돌리 콘을 피에 절은 그들의 침대에서 발견했다. 그들은 목이 잘린 채 싸늘하게 죽어 있었다. 그는 끔찍하게 널브러져 있는 시체 위에 시트를 끌어다 덮어 주고는 재빨리 집 전체를 살펴보기 시작했다. 아무것도 그가 원하는 것은 눈에 띄지 않았다.

즉시 집에서 빠져 나온 보란은 차로 되돌아와 급하게 메르세데스의 시동을 걸었다. 그리고는 그 구역 일대를 천천히 한 바퀴 돌면서 생각에 잠겼다. 전혀 예기치 못했던 사태가 벌어지고 있었다. 그는 순간 한 줄기 섬광이 그 뇌리 속을 스쳐 가는 것을 느꼈다. 보란은 몸을 떨었다. 그는 곧 핸들을 꺾어 뉴 호라이슨을 향해 전속력으로 달렸다. 그는 검은 플라이마우드 옆에 차를 세웠다. 그 차의 계기판에 무전기가 매달려 있는 것을 그는 보았다. 조심스럽게 그는 병원 안으로 들어갔다. 현관문 안쪽에서 잠시 멈춰 섰다가 마치 공기의 냄새라도 맡으려는 것처럼 고개를 돌려 그 주변을 살폈다. 그리고는 38구경을 꺼내 들고 언제라도 응사할 수 있는 태세를 갖추었다. 다음 순간 그는 브랜튼의 개인 아파트로 미끄러져 들어가고 있었다.

브랜튼의 아파트 현관문 바로 안쪽에 팀 브래독이 쓰러져 있었다. 그 주위의 카펫 위로 아직도 피가 방울방울 떨어지고 있었다. 권총은 몇 피트 저쪽에 나뒹굴고 있었다. 보란은 무릎을 꿇고 앉아 급히 브래독의 이마를 짚어 보았다. 차고 끈적끈적했다. 그는 너무나 처참한 광경에 신음을 뱉어 내며 주방으로 조심스럽게 접근해 갔다.

거기에 브랜튼이 있었다. 그는 잠옷 상의만을 걸친 채 식탁 밑으로 머리를 대롱거리고 있었다. 식탁 위에는 펜치와 철사, 가위 등이 흩어져 었었는데 모두 피가 엉겨 붙은 채였다. 보란은 그에게로 성큼 다가설 수가 없었다. 온몸에 소름이 끼쳐 왔다. 그는 구역질을 가까스로 삼키며 친구의 조각난 몸뚱이를 자세히 살펴보았다. 보란은 이미 베트남의 작은 촌락에서 이 세상의 가장 잔인 무도한 것은 다 보았었다고 믿고 있었다. 그러나 지금 그의 눈앞에 펼쳐져 있는 참혹스러운 광경에 비하면 그것은 아무것도 아니었다. 그들은 브랜튼의 가슴에서 젖꼭지를 비틀어 뜯어내 버렸다. 아마도 펜치를 사용했을 것이다. 그는 몸뚱이 모두가 산산 조각이 난 작은 고깃덩이에 불과했다. 살점이 뜯겨져 나가 시커멓게 드러난 구멍 사이로 갈비뼈가 보였다.

브랜튼의 오른쪽 손가락은 뼈가 드러난 채 잘려 있었다. 양쪽 귓볼도 모두 잘려 나가고 없었다. 콧구멍은 찢겨서 콧잔등 위로 너풀거리는 살점이 올려 붙여져 있었다. 양쪽 눈 밑은 깊이 홈이 패여 피가 흘러 내렸다. 그 모든 것들보다도 더욱 고약한 것은, 차마 눈 뜨고는 볼 수 없을 지경으로 갈갈이 찢긴 브랜튼이 아직 살아 있었으며 의식도 잃지 않고 있다는 사실이었다.

그의 호흡은 이 세상 것이 아닌 것 같은 요란스러운 그르릉 소리와 함께 흘러나왔다. 처참한 콧구멍으로부터 피거품이 솟아올랐으며 그의 그치지 않는 신음 소리는 보란의 가슴을 아프게 했다. 가까운 선반 위에 진열돼 있던 위스키 병들은 피를 뒤집어쓴 채 주인을 내려다보고 있었다. 테이블 저쪽에 타월이 담긴 대야가 눈에 들어왔다. 아마 끝까지 입을 열지 않으려는 이 용맹스런 친구를 계속해서 심문하기 위해 사용되었으리라.

보란의 손이 친구의 머리 밑에 손을 넣어 지압을 하기 시작했다.

「누가 이런 짓을 했나, 짐?」

그는 금속성의 갈라진 음성으로 물었다.

「누가 자네를 이렇게 만들었어?」

브랜튼의 눈에 초점이 모아졌다가는 다시 감겨져 버렸다. 그의 애쓰는 모습은 보란의 분노를 더욱 치솟게 했다. 입술이 조금 움직였다. 그러자 비참한 신음 소리와 함께 피거품이 튀어 올랐다.

「그들…… 그를…… 루, 루이라고 불렀…….」

보란은 고개를 끄덕였다.

「나도 그놈을 알아. 내가 복수해 주겠네, 짐.」

「그는…… 알아…… 스케치를…… 자네 얼굴…… 스케치를.」

「내가 지금 가서 그놈을 잡겠다, 짐!」

「그가……그가…… 알아…….」

오른손이 허공을 움켜 잡았다. 눈물에 젖은 눈이 살점이 다 떨어져 나간 듯한 손을 응시했다. 마침내 두 눈도 감겨졌다. 짐 브랜튼의 최후였다.

보란의 감긴 눈 사이로 눈물이 흘러 내리고 있었다.

「오, 하나님!」

잠시 후 그는 브랜튼의 머리를 식탁 위에 내려놓고 비틀거리며 그곳을 나왔다. 브래독은 두 눈을 뜨고 이제는 바닥에 편안히 누워 있었다. 보란은 그의 옆으로 가서 허리를 굽히고 그의 상의 자락을 젖혔다. 그는 내장 깊숙한 곳에 탄환을 맞은 것 같았다.

「이제 괜찮소?」

「아니.」

브래독은 고통스럽게 내뱉었다.

「얼마쯤 전이오, 브래독?」

「5분…… 아마 10분 전…….」

「참아요. 내가 구급차를 부를 테니.」

보란은 황급히 문을 빠져 나와 로비를 가로질러 브랜튼의 외과 진료실로 달려갔다. 그곳에서 그는 압박 붕대를 발견했다. 그것을 들고 급히 쓰러져 있는 경찰관에게로 돌아왔다. 보란은 그의 상처에 붕대를 감아 주며 말했다.

「당신은 살아날 거요, 틀림없이!」

보란은 그에게 용기를 주려 했다.

주임은 그를 올려다보며 얼굴을 찡그리고 있을 뿐이었다. 뭐라고 대답을 하기에는 고통이 너무 심한 것이 분명했다.

「분명히 당신은 살아날 수 있소.」

구급차를 보내라는 전화를 한 후 보란은 서둘러 병원을 뛰쳐나갔다. 어느새, 그의 강력한 메르세데스는 포장 도로를 박차고 팜 스프링스로 향하는 고가도로 위를 빠른 속력으로 내달려가고 있었다. 그 잔인 무도한 살인마들을 어디로 가면 찾아낼 수 있으며 어디로 가서 그자들의 앞길을 차단할 것인지를 보란은 알고 있었다.

19
추 적

굉장한 속력으로 달리고 있는 차 안에는 6명의 사나이가 타고 있었다. 운전사는 젊은 타미 에드젤이라는 사내였다. 뛰어난 사격 전문가인 보넬리라는 사내가 윌리 워커의 옆자리에 앉아 있었다.

그 운전사는 한때 에드젤 자동차광 클럽에 있었다는 것을 늘 자랑하고 다녔는데, 끝내는 에드젤을 그의 성으로 삼아 버렸던 것이다.

온 얼굴에 기쁨의 빛을 감추지 못하고 연신 농담을 던지고 있는 스크루이 루이 페나는 뒷좌석의 거의 반을 차지하고 있었다. 그 옆에는 최근에 롬포크에 있는 연방 교도소에서 석방된 마리오 카피스트라노란 자가 앉아 있었다. 나머지 한 사람은 59세 먹은 노인으로서 이름은 해럴드 그레이저 스키아페넬리였다. 이탈리아에서 태어난 그는 청부 살인의 전문가로서 세 차례나 나라

밖으로 추방당했었으나 단 하룻밤도 감옥에서 보낸 적이 없는 특출한 사내였다.

윌리 워커는 한 손을 등받이에 올려놓으며 말했다.

「그 그림 좀 구경하지, 응? 페나.」

「안 돼, 안 돼.」

페나는 기분좋게 자신의 상의 주머니를 톡톡 두들기며 대꾸했다.

「디스가 이 보물을 처음 볼 수 있도록 해줘야겠어.」

그는 얼굴 전체를 일그러뜨리며 크게 웃었다.

「무엇보다도 말이야, 이건 내가 다시 살아날 수 있다는 면허증 같은 거야, 윌리. 구경하다가 이걸 차 밖으로 날려 버리는 일이라도 생기면 어떻게 되겠나? 응?」

「잊지는 않았겠지? 우리 아이들 모가지도 당신과 함께 그 보물에 달려 있다는 걸 말이야.」

워커가 경고하듯 페나를 똑바로 쳐다보았다.

「잊긴 왜 잊어? 그런 쓸데없는 일에 신경 쓸 필요 없어. 윌리, 내가 디스한테 사실을 말하기만 하면 그는 너를 적대시하기는커녕 더욱 신임하게 될 거야. 조금은 놀라겠지만 디스는 정말 기뻐할 거야. 이 그림을 그가 보기만 하면……. 그가 나한테 얘기했었어. 보란의 머리통을 가지고 돌아오라고 말이야. 이거 보라구. 나는 그 머리를 가지고 있어, 바로 보란의 머리란 말이야!」

그는 다시 주머니를 톡톡 두들겨 보였다.

「이봐요, 그건 머리도 아니잖소? 그건 그림일 뿐이라구요, 안 그래요?」

타미 에드젤이 투덜거리며 끼여 들었다.

「그렇지. 그렇지만 그림이면 다 같은 그림이냐 이 말씀이야. 성형을 위해 스케치한 거라구. 보통 그림이 아니라니까. 알아 둬야 해. 이건 그의 사진을 복사한 거나 마찬가지야.」

「그곳에 뒹굴고 있는 시체들을 생각하니 뱃속이 뒤집히는 것 같은데?」

카피스트라노가 화제를 바꿨다.

「사람이 그렇게 튀겨 놓은 칠면조 꼴이 된 건 이제껏 한 번도 본 적이 없소.」

「그럴 테지. 그렇지만 마리오, 노래를 부르는 칠면조였어. 나도 너희들처럼 그런 짓을 하는 건 지겨워. 그러나 그자가 그렇게 되길 자초한 거야, 안 그런가?」

「당신이 그자의 손가락을 짓이긴 것은 그가 노래를 부르고 난 뒤였잖소?」

카피스트라노가 페나의 말에 코웃음치며 반문했다.

「그건 교훈을 주기 위한 거였어. 그놈들은 그 따위 짓을 하면 오래 견딜 수 없다는 것을 알아야만 돼. 이제 내 걱정은 하지 않아도 좋아, 마리오. 속 뒤집는 말은 그만 하라구! 오늘은 나의 날이다. 나는 그걸 즐겨야겠어. 네가 그놈의 스프링스로 되돌아가고 싶거들랑 가라구. 마음대로 해!」

페나의 고통스럽게 일그러져 있던 얼굴에 다시 활기가 돌기 시작했다.

「프랭크 럭키라는 놈은 누구야?」

페나가 귀를 곤두세우며 다시 물었다.

「황금빛 도는 아첨꾼 같은 녀석은 아닌가?」

「왜 이래?」

「윌리 워커는 낮게 말하며 의미 심장한 눈길로 해럴드 그레이저를 바라보았다.

페나는 커다랗게 웃음을 터뜨렸다.

「아, 해럴드는 외국 출신들한테는 신경을 쓰지 않아. 안 그런가, 해럴드?」

해럴드가 뭐라고 혼자서 웅얼거리다가 웃음을 터뜨리자 페나도 같이 웃어 댔다. 그러나 그가 외국인이 웅얼거린 말을 제대로 알아듣지 못했다는 것은 뻔한 사실이었다.

「오늘은 모두 행복해 보이는군!」

페나는 감회가 깊다는 표정으로 사나이들을 둘러보았다.

「아마 프랭크 럭키를 제외하고는. 이봐, 루이…… 그 녀석은 냉혈 동물과 같아. 당신 표현이 맞았어. 그자는 황금빛을 발하는 놈이야. 적어도 디스와 관련되어 있는 동안은 그럴 거야. 게다가 그 녀석은 당신에 대한 살인 청부 계약장을 갖고 다닌다구. 디스의 말마따나 우리는 그를 피할 수 있는 한은 피해야 해. 그게 최선일지도 모른다니까. 그 녀석이 디스한테 전활 걸거나 터덜터덜 걸어 들어올 때까지는 말이야. 그자는 우리가 하는 얘기 따위는 듣지도 않을 거야. 예의 바른 대화 같은 건 뒷전으로 돌려 놓고 우선은 총을 쏘아댈 테니까.」

「그는 혼자라고 했잖나?」

페나는 생각에 잠긴 채 물었다.

「그 녀석은 혼자요, 루이.」

보넬리가 말했다.

「그는 어느 누구하고도 같이 다니지 않는다더군요.」

「그렇다면 젠장, 우리는 여섯이 아닌가? 아무리 날고 뛰는 놈이라 해도 우리 모두에게 한꺼번에 총질을 해대지는 못할 거 아냐? 도대체 무얼 걱정하는 거야?」

운전을 하던 타미가 어깨 너머로 뒤를 흘낏 넘겨다보며 말했다.

「그래. 굉장히 빠른 차종이야. 왜 그래?」

워커의 질문에는 아랑곳없이 타미 에드젤은 오른쪽으로 미끄러져 내려오는 시커먼 물체를 주의 깊게 살피고 있었다.

「저건 틀림없이 그자야!」

그는 불길한 예감을 담은 목소리로 외쳤다. 모든 눈길이 반 마일쯤 떨어져 있는 산 아래 도로로 몰렸다.

「네가 나보다 훨씬 눈이 좋구나, 타미!」

페나는 이마를 차창에 문질러 대며 말했다.

「틀림없는 것 같소.」

여전히 앞쪽으로부터 시선을 떼지 않은 채 타미 에드젤이 외쳤다.

「그가 보였다 안 보였다 하고 있어. 푸른 불빛을 찾아. 저기다! 보여? 아, 바로 저게 그자야. 프랭크 럭키라니까! 저 달려오는 속도를 좀 봐!」

경악의 외침들이 사나이들의 입에서 터져 나오기 시작하자 페나는 기어이 화를 냈다.

「좋아, 좋아. 진정들 해! 아마 아닐 수도 있지만 말이야, 만일 보란이라고 해도 그놈은 하나뿐이고 우리는 여섯이라구. 어쨌거나 고속도로에서 우리와 결투를 벌이자고 덤벼들지는 않을 거 아냐? 그냥 우리를 쫓아오면서 기회를 기다리겠지. 그것만은 분명하잖아!」

「그게 프랭크 럭키가 확실하다고 보면 분명한 것이라곤 아무 것도 없어.」

워커가 걱정스럽게 덧붙였다.

「두 길이 어느 지점에서 만나게 되나?」

페나가 물었다. 그는 이제 신경질적으로 입술을 깨물고 있었다.

「여기를 지난 후 바로 다음 모퉁이에서. 도로가 언덕을 끼고 꺾여 드는 곳이오.」

「좋아. 그곳에서 놈을 따돌려 버리자!」

페나가 외쳤다.

「내가 노력하지 않는다고 생각하지는 마십시오.」

콧소리까지 내며 타미가 툴툴거렸다.

「그런데 이놈의 작대기 같은 차는 메르세데스에 비하면 마치 장난감 같다니까!」

페나와 워커는 창문을 조금 내렸다. 다른 사내들은 좁은 공간 속에서 꿈틀거리며 자신의 무기를 챙기느라고 분주히 움직이고 있었다.

「사격 지점을 잘 계산해서 각자의 시선을 고정시켜 둬!」

보란이 그의 표적을 찾아낸 것은 타미 에드젤이 그의 차를 발견해 낸 것과 같은 순간이었다. 메르세데스는 산 위에 나 있는 도로를 내달리고 있었다. 남쪽으로부터 북쪽에 이르는 지평선과 넓게 펼쳐진 평지가 그의 시야에 들어왔다. 고속도로 위에는 단 한 대의 차만이 꽁지가 빠지게 달려가고 있었고, 그 외에는 눈이 닿을 수 없는 곳까지 황량한 땅덩이만이 잠들어 있었다.

달리는 차의 속도를 측량해 가면서 보란은 계속 앞으로 나아갔다. 음산한 미소가 그의 입가에 떠올랐다. 이제 앞으로 10초면 교차로에서 그들을 붙잡을 수 있을 것이다. 10초면 충분하다. 그는 바람 부는 산 위의 고속도로를 가로질러 한껏 높은 속력으로 달려 내려갔다. 그의 특이한 신체적 구조가 아니고는 견뎌낼 수 없는 속력이었다.

보란의 머리에 커다란 영상이 재빨리 지나가고 있었다. 팜 빌리지의, 말로는 표현할 수 없는 참상에 대한 기억이 비집고 들어온 것이다. 그는 자신의 온몸이 분노로 타오르는 것을 느꼈다. 예전에는 결코 경험해 본 적이 없는 일이었다. 저격수로서의 그는 항상 냉혈 동물과 전혀 다를 바 없었던 것이다. 베트남 전투로 단련된 그의 본능이 임무에 임하는 보란의 행동을 지배하고 인도했었기 때문이다. 한 번도 분노로 해서 그의 행동이 좌우된 적은 없었다. 그 자신의 아버지, 어머니 그리고 누이의 죽음에 접해서도 그는 냉정할 수 있었다. 그러나 지금 분노는 그의 본능을 때려 누이고 급기야는 폭발하려 들고 있었다. 이제 세상은 맥 보란의 모든 잠재력과 놀라운 광포성을 보게 될 것이다.

20
통쾌한 복수

메르세데스는 바퀴와 도로면의 마찰로 일어나는, 귀를 찢는 듯한 소리와 함께 교차로에 멈춰 섰다. 차가 미처 정지하기도 전에 보란은 차에서 뛰어내렸다. 그리고는 총기들을 길 한쪽으로 던져 놓고 재빨리 차로 돌아왔다. 한 손으로는 클러치를 힘껏 누르고 다른 손으로는 기어를 느린 걸로 바꿔 넣었다. 그 다음에 그는 바퀴 액셀러레이터를 제껴 놓고 연접봉을 완전히 억눌릴 때까지 계속 힘을 가해 차 밑바닥에 당겨 붙였다. 그러자 엔진은 굉장한 소리를 내기 시작했다. 그 소리는 보란에게 제트 엔진이 날아 오르는 순간을 연상시켜 주었다.

그는 길바닥에 무릎을 꿇고 앉아서 클러치 페달을 오른손으로 옮겨 누르고 왼손으로는 문을 붙잡았다. 이제는 적을 알아볼 수 있는 것은 눈뿐이었다. 메르세데스의 엔진에서 뿜어 대는 굉음 때문에 다른 차가 접근하는 소리를 듣는다는 것은 거의 불가능했다. 보란은 눈을 부릅뜬 채 교차로 너머로 시선을 고정시켰다. 순간적인 반사 작용과 정확한 시간 맞추기가 제대로 들어맞아야만 하는 것이다.

그때였다. 조그마한 점 하나가 눈에 들어오더니 점점 커지고 있었다. 그는 재빨리 메르세데스의 클러치 페달을 누르고 있던 손을 떼었다. 보란의 어깨를 스칠 듯 차가 앞으로 밀렸다. 그리고는 활시위를 떠난 화살처럼 정면을 향해 내달리기 시작했다. 보란은 재빨리 몸을 굴려 길가로 벗어나며 두 손은 권총을 거머쥐고 앞을 노려보았다.

「우리가 앞섰다!」

페나가 승리감에 도취되어 소리쳤다.

「우리 작대기가 더 잘 달렸어!」

타미 에드젤이 말을 받았다.

「빨리 멈춰 서!」

바로 그때 환호하며 떠들고 있던 그들의 시야에 도로 밖에 주차되어 있는 스포츠카가 들어왔기 때문이었다. 페나는 사나이가 차 옆에서 무릎을 꿇은 채 무엇을 하고 있는지 의아해 했었다. 그 짧은 시간 동안, 필시 1000분의 1초 정도의 시간 동안 운전사 타미 에드젤의 반사 신경은 브레이크를 밟고 차의 방향을 돌려야 한다고 명령하고 있었다. 그러나 푸른 번개가 그의 반사 작용보다 훨씬 빠르다는 사실은 곧 증명되고 말았다. 메르세데스가 엄청난 소리를 내며 교차점을 덮쳐 들었을 때 그의 발은 아직 액셀러레이터를 힘주어 밟고 있었던 것이다.

윌리 워커는 비명을 질렀다.

「멈춰!」

그러나 그때는 이미 푸른 번개가 6인승 승용차의 범퍼를 덮치며 서로의 차체를 산산 조각 내버린 뒤였다. 금속 조각이 튀더니 뒤를 이어 유리 조각이 소나기처럼 쏟아져 내렸다. 그리고도 모자라 그 커다란 차는 메르세데스를 원심력으로 휘둘러 댔다. 간신히 승용차는 앞으로 빠져 나갔으나 회전하고 있던 메르세데스도 따라 밀려 오는 바람에 또 한 차례의 끔찍한 충동을 감수해야만 했다.

윌리 워커는 보넬리의 어깨 위로 떠올랐다가 헝겊 인형처럼 앞유리창으로 내동댕이쳐졌다. 타미 에드젤의 바로 앞쪽이었다. 해럴드 그레이저는 뭔가 이탈리아 말로 비명을 지르긴 했으나 카피스트라노와 페나가 그 위로 덮치는 바람에 그 자리에서 즉사하고 말았다.

노련한 운전사인 타미 에드젤은 맞붙어 버린 차에서 그의 차를 빼내려고 애쓰고 있었다. 또다시 메르세데스로부터는 떨어져 나왔으나 이번에는 뒷바퀴가 빠지며 그대로 차의 측면에 충격을 받는 바람에 그들은 모두 부드러운 모랫더미 속으로 처박혀 버렸다. 차는 기우뚱하고 한쪽으로 기울더니 마침내 길 아래를 향해 떼굴떼굴 구르기 시작했다.

보란이 잔뜩 일그러진 얼굴들과 총을 움켜 잡은 두 명의 팔을 볼 수 있었던 것은 순간에 불과했다. 곧 두 대의 차는 함께 얽히더니 도로를 따라 회전을 하며 계속 앞으로 달려 나갔다. 벌써 보란이 있던 자리로부터 멀리 떨어져 있었다. 그는 그 차들을 따라 달렸다. 그러나 차의 속도를 따라 잡을 수는 없었다. 아직은 메르세데스가 떨어져 나가기 전이었다.

메르세데스는 빙글빙글 회전하면서 쓸쓸한 사막 한가운데로 밀려 들어가고 있었다. 6인승 승용차는 회전 방향을 따라 수백 피트 너머로 멀어져 가버렸다. 뒷바퀴가 떨어져 나와 모래 위로 던져졌다. 그리고 그 무거운 차는 거대한 선을 그리며 길 한쪽으로 굴러가면서 교차로로 돌진해 들어갔다. 보란은 그 찌그러진 고철 덩어리가 여섯 차례를 구르고 나서야 바퀴를 하늘로 향해 쳐들고 멈춰 서는 것을 볼 수 있었다.

보란이 그 파괴된 차체 가까이로 다가갔을 때 타미 에드젤은 여전히 휘어진 운전대를 붙들고 있었다. 운전석은 송두리째 차 앞쪽으로 밀려 나와 있었다. 그는 안전 벨트에 단단히 매어져 있었는데 몸이 흔들릴 때마다 입 양쪽에서 피가 흘러나왔다. 아마도 튀어나온 운전대에 부딪쳐 가슴이 찢어진 모양이었다. 타미는 고개를 조금 돌리고 보란을 바라보고 있었다. 위쪽으로 흘끗거리는 눈길이었다. 보란은 타미의 두 눈 사이에 한 발을 명중시켰다. 그는 차의 다른 쪽으로 가기 위해 걸음을 옮겼다.

보넬리는 지붕 부분에 온몸이 뒤틀린 채 죽어 있었다. 애써 그의 머리통을 찾아낸 보란은 타미와 마찬가지로 그의 두 눈 사이에 한 발을 쏘았다.

윌리 워커는 보넬리의 가장 가까이에 있었다. 그의 머리 일부분은 어디론가 달아나 버리고 없었다. 그의 두 다리는 그의 등 뒤로, 살아 있는 사람이라면 불가능한 모양으로 꼬여져 있었다. 두 눈 사이에 총알을 남기기 위해 보란은 심사 숙고하지 않을 수 없었다.

해럴드 그레이저 스키아페넬리는 목의 일부분이 잘려 나가고 한쪽 손은 떨어져 나간 모습이었다. 보란은 역시 그의 눈 사이에도 구멍 하나를 만들었다.

마리오 카피스트라노는 한쪽 옆구리를 베고 모래 위에 누워 있었다. 그는 울면서 옆구리에서 삐어져 나온 갈빗대를 들이밀려고 애쓰고 있었다. 보란은 마리오의 얼굴을 돌려 그의 총구를 마주 보게 했다.

「두 눈을 다 감아.」

그리고는 즉시 결코 감겨지지 않을 세 번째의 눈을 만들어 주었다.

루이 페나는 무릎을 꿇고 앉아서 보란이 다가오는 것을 지켜보고 있었다. 그의 오른팔은 팔꿈치 아래로부터 떨어져 나가 흉칙했다. 박살이 난 코하며 두 개의 이가 아랫입술을 꿰뚫고 나온 것하며 그는 기묘한 도널드 덕을 연상시켰다. 그는 보란에게 애원조로 매달렸다.

「그게 여기 있다. 나한테 보란의 머리가 있다니까.」

보란은 루이의 두 눈 사이에 한 발을 쏘았다. 그리고는 앞으로 고꾸라지려는 찢어진 몸뚱이를 붙들고 주머니마다 손을 넣어 더듬거렸다. 페나의 가슴 앞쪽의 주머니로부터 그는 브랜튼의 스케치를 찾아냈다.

보란은 성냥을 그어 자신의 얼굴이 스케치되어 있는 종이에 댔다. 그는 종이를 완전히 태워 버렸다. 도로로 걸어 나오면서 그는 까맣게 타버린 스케치를 손 안에 쥐고 가루로 만들어 바람 속에 날려 보냈다.

메르세데스로 돌아온 그는 차의 주유 탱크를 열어 젖히고 기름이 밖으로 흐르도록 해놓았다. 자신이 완전히 위험 지점으로부터 벗어났다고 생각되자 그는 휴지 조각에 불을 붙여 기름 방울이 스며들고 있는 바닥에 던졌다. 불꽃은 날듯이 가솔린의 줄기를 따라 혀를 낼름거리며 차를 향해 달려갔다.

보란은 이미 팜 스프링스를 향해 터벅터벅 걸어가고 있었다. 차가 폭발했을 때에도 그는 뒤돌아보지 않았다. 맥 보란의 발걸음은 이제 그의 방문을 기다리는 적을 찾아 검은 망토에 감싸인 죽음의 마왕과 함께 팜 스프링스로 향하고 있었다.

21
정보 교환

보란이 비틀거리는 걸음으로 팜 스프링스에 도착한 것은 거의 정오 무렵이었다. 택시를 불러 그는 호텔로 갔다. 호텔 종업원은 그의 형편없는 몰골을 보고는 놀라서 물었다.

「무슨 사고라도 있었습니까, 램브레터 씨?」

「차를 도둑맞았어. 이봐, 똑같은 걸로 다시 하나 구해 주겠나?」

종업원의 얼굴이 1인치쯤 숙여졌다.

「물론입니다, 선생님.」

그는 활달하게 대답했다.

「얼음을 두 통쯤 올려 보내 주게.」

「알겠습니다, 선생님. 위스키도 좀 올릴까요?」

「얼음만.」

보란은 피곤하다는 듯 손을 들어 보였다.

「한 시간 내로 차가 필요해.」

그는 돌아서서 엘리베이터를 향해 걷기 시작했다.

「저, 램브레터 씨. 색깔에 대한 것은 어떻게 할까요? 메르세데스 말씀입니다.」

「똑같은 것이어야 한다고 이미 얘기했잖나?」

방으로 들어선 보란은 땀으로 범벅이 된 옷을 벗자마자 욕실로 향했다. 그는 먼지로 더럽혀진 그 자신의 얼굴에 깜짝 놀랐다. 거울 속에 드러난 아직 익숙해지지 않은 프랭크 램브레터의 표정은 험악하게 일그러져 있었다. 그는 쏟아지는 물줄기에 온몸을 맡긴 채 몇 분 동안의 완전한 평화를 즐겼다. 그리고는 얼굴을 들어 물줄기를 정면으로 받았다. 긁혀서 너덜거리는 목과 입 주위의 피부 껍데기를 씻어내기 위해서였다.

그가 침실로 돌아와 보니 얼음이 가득 든 작은 얼음통 두 개가 탁자 위에 놓여 있었다. 그가 아무렇게나 벗어 던져 놓은 옷들은 벌써 치워진 뒤였다. 대신에 깨끗한 속옷과 리볼버 두 자루가 침대 곁에 나란히 놓여 있는 것을 볼 수 있었다.

보란은 얼음덩이를 입 안으로 밀어 넣으며 전화기를 끌어당겼다. 그리고는 전화국에도 등록되어 있지 않은 번호를 돌렸다. 디조르쥬의 서재로 통하는 전화였다. 벨이 한 번 울리자마자 곧 수화기를 드는 소리가 전해져 왔다. 마라스코의 목소리가 들렸다.

「네?」

「나 프랭크네. 명령대로 깨끗이 실행되었다고 디스에겐 전해주게.」

짧은 침묵이 그들 사이로 오갔다.

「좋아, 프랭크. 전하지. 지금 어디에 있나?」

「호텔이야. 좀 지쳐 있어. 곧 그리로 가겠네.」

마라스코의 뒤에서 디조르쥬가 뭐라고 속삭이는 소리를 보란은 들었다. 그러나 내용은 파악할 수 없었다. 곧 마라스코가 튀어나왔다.

「디스가 그림에 대해 알고 싶다는데?」

「그림이라니?」

「외과의가 그렸다는 스케치 말이야. 그들이 가져올 것으로 예정되어 있었는데……. 그걸 갖고 있나?」

「그런 건 없었어.」

보란은 퉁명스럽게 대꾸했다.

「난 기념품을 모으러 간 건 아니잖아?」

「디스가 그 계약이 실행된 지점이 어디였는지 알고 싶다는군.」

「산과 사막이 맞닿는 곳. 무언가가 그곳에서 자넬 기다리고 있을지도 모르겠어.」

「좋아. 알았네. 가능한 한 빨리 집으로 돌아오게. 디스가 기다리고 있네.」

「나는 햇볕 속을 5마일이나 터덜터덜 걸어왔다고 말하게. 그 사실이 잊혀질 때쯤 가겠다 전하게.」

마라스코는 킬킬거렸다.

「좋아, 프랭크. 좀 쉬도록 해. 피로가 어느 정도 풀리면 곧 여기로 오게. 자네가 알아 둬야 할 일이 있어.」

「알았어.」

보란은 전화기를 내려놓았다. 잠시 동안 마룻바닥을 뚫어져라 바라보고 있던 그는 새 담뱃갑을 뜯어 한 개비를 꺼내 물었다.

담배를 빨면서 그는 침대 위로 쓰러졌다.

「그래. 곧 가고말고!」

그의 어둡고 음산한 목소리가 자기 자신을 향해 반복했다.

「종을 울리면서…….」

필립 마라스코는 수색 작업을 위해 팜 스프링스와 팜 빌리지를 연결하는 좁고 편평한 사막으로 전투원들을 이끌고 떠났다. 각각 5명씩의 전투원들을 태운 2대의 차는 프랭크 럭키가 밝힌 그 공격 현장인 교차로를 쉽게 찾을 수 있었다.

10명의 마피아 전투원들은 공격 현장을 향해 흥분에 들뜬 채 곧장 달려갔다. 그들은 현장에 이르렀을 때 공격 당시의 상황을 생생하게 그려볼 수 있었다. 마라스코는 뒤집힌 차로 다가가서 세밀하고 완벽하게 시체들의 사인을 조사했다. 그는 10명의 전투원으로 하여금 현장 둘레에 원을 그리듯 차차 접근해 가는 방법을 썼다. 조사는 곧 끝났다.

저택으로 돌아온 마라스코는 카포에게 표정을 일그러뜨린 채 보고했다.

「만일 루이가 그 스케치를 갖고 있었다면 그걸 먹어 치워 버린 것이 분명합니다. 프랭크 럭키라는 자가 그들한테 해놓은 솜씨를 당신도 한 번 보아야 할 겝니다. 그런 현장을 나는 이제껏 본 적이 없을 정도였습니다.」

「그가 스케치를 갖고 있지 않았다니 이상한 일인데…….」

디조르쥬는 짜증 섞인 목소리로 말했다.

「소매 속에라도 뭔가를 감춰 뒀거나 했어야 얘기가 되잖아? 아니면 왜 이곳으로 부랴부랴 달려오려고 했겠나? 정말 그곳엔

온전한 것이라곤 아무것도 없더란 말인가?」

「거의 없었습니다.」

마라스코는 몸서리를 치며 대답했다.

「남아 있는 게 거의 없습니다. 그 참혹한 꼴이란 다시 보고 싶지 않을 지경이었습니다. 프랭크 럭키라는 자는 대단한 파괴주의자인 것 같습니다. 그리고 그는 그 공격에 별로 힘도 들이지 않은 것 같았습니다. 우리가 간밤에 6대 1의 대결에 대해 얘기했던 적이 있지 않습니까?」

디조르쥬는 침착하게 고개를 끄덕였다.

「걱정할 필요조차 없었다는 뜻이로군. 그런가?」

「12대 1이었다 해도 그는 능히 해치웠을 겁니다, 디스. 이 자리에서 확실하게 말씀드리고 싶은 게 있습니다. 프랭크 럭키가 보란의 몸뚱이를 한 조각이라도 발견하게 된다면 나는 꼭 그 현장에 붙어 있겠습니다. 그가 어떻게 일을 처리하는지 보기 위해서 말입니다.」

디조르쥬는 깊은 생각에 잠겨 허공을 응시하고 있었다. 그러더니 갑자기 헛기침을 하며 목청을 가다듬고 입을 열었다.

「자네도 혹시 이런 의문을 가지고 있지는 않나? 마라스코, 어떤 녀석이 이 늙은 디스를 가지고 놀고 있는 게 아닐까? 자네는 그런 생각을 해본 적은 없나?」

마라스코는 카포의 얼굴을 주의 깊게 살펴보았으나 아무런 낌새도 찾아낼 수가 없었다.

「누가, 왜 당신을 가지고 논다는 겁니까, 디스?」

「프랭크 럭키가 보란과 한 번 부딪친 적이 있다고 내게 말했었는데 그건 뭐였느냐 말이야. 그 녀석은 이 부근 어딘가에서 보란을 보았다고 했거든. 보란을 분명히 알아보았노라고 했어. 그래서 상대에게 총격을 가했다구. 그런데 그런 얘기를 했을 때가 언제였느냐 하면, 보란이라는 놈이 우리를 묵사발로 만들고 난 후였단 말이야. 그 팜 빌리지에서 말이야. 그렇지 않은가?」

「그렇습니다.」

마라스코는 그때의 기억을 떠올리려 애쓰며 대꾸했다.

「그런데 그는…….」

그는 눈을 갑자기 커다랗게 치켜 뜨더니 소리쳤다.

「맞아요! 윌리 워커가 전화로 얘기했습니다. 공격이 있던 바로 그날, 보란이 자기 얼굴을 고쳤다구요.」

「바로 그거야, 필립 허니! 보게, 누군가가 얘기를 얽히게 만들고 있어. 누굴까? 누가 그런 일을 벌이고 있을까?」

「왜 프랭크가 당신을 혼란에 빠뜨리려고 하겠습니까, 디스?」

「그게 바로 나를 혼란시키는 일이야, 필. 지금 우리는 그저 만약의 경우를 생각하고 있을 뿐이야. 만일 스크루이 루이가 사실 그대로를 얘기한 거라면? 필, 자네는 루이가 거짓말을 하는 걸 본 적이 있나? 단 한 번이라도 말이야. 중대한 사건에 부딪쳐서 거짓말을 하는 것을 본 적이 있느냐구?」

마라스코는 잠시 생각하다가 고개를 저었다.

「루이는 당신에게 헛소리 따위나 떠벌릴 위인은 못 됩니다. 그는 정직한 사람입니다. 디스. 그렇지만 우리는 이러한 사실도 생각해 봐야 합니다. 루이는 자신이 뭔가 중요한 정보를 가졌다고 착각했을 수도 있다는 겁니다. 누군가가 그에게 그런 착각을 심어 주는 것이지요.」

「자네 성형 수술에 대해 알고 있나, 필?」

「네! 동부에서는 한참 동안 그런 일이 유행이었죠.」

「붕대를 풀 때까지 얼마나 걸린다던가?」

「2, 3주일쯤일 겁니다.」

디조르쥬는 혀를 끌끌 찼다.

한 달이 지난 뒤에도 고양이 낯짝을 하고 반창고를 붙인 채 돌아다니는 녀석들을 나도 본 적이 있어. 지저분해 보였어. 얼굴 성형이 그 정도의 시간이 걸린다면…….」

「요즘은 심장 이식하는 수술도 하는데요, 뭐. 이제는 얼굴 수술도 더 간단하고 부작용이 없는 방법들이 개발되었을 겁니다.」

「그 방면의 전문가를 찾아봐.」

「알겠습니다, 디스.」

「그리고 프랭크 럭키는 당분간 요주의 인물로 경계하도록! 만일 보란이 얼굴을 바꿨다면 바로 그 며칠 뒤에 프랭크가 이 도시 어느 구석에서든 그자를 알아볼 수는 없는 일이니까. 그가 보란과 맞부딪쳤다면 두 가지 경우밖에는 생각할 수가 없어. 붕대를 감고 있는 보란을 보았거나, 아니면 수술이 이미 끝난 새로운 얼굴의 보란을 보았을 뿐이겠지? 그렇다면 문제는 명백해지지 않나? 수술이 끝난 사흘 뒤에는 프랭크 럭키는 보란을 알아볼 수가 없었어!」

「그렇겠군요, 디스.」

마라스코가 숨이 막힐 듯 놀라며 대꾸했다.

「그러니까 말하자면 루이가 사실 그대로 알려준 것이라면 프랭크 럭키가 한 말은 사실이 아니라는 결론이 됩니다.」

디조르쥬는 길게 한숨을 내쉬었다.

「바로 그거야, 허니! 그가 너무 참혹하게 처리했다고 그랬던가?」

「그 참혹한 광경을 당신이 직접 보았다면 틀림없이 당신도 눈을 돌리고 말았을 겁니다.」

「참 알 수 없는 노릇이야!」

디조르쥬는 지친 듯한 얼굴로 말을 이었다.

「프랭크 럭키가 바로 보란의 새로운 얼굴이라는 사실이 밝혀지는 날에는…….」

마라스코의 얼굴이 새하얘졌다. 그는 긴장으로 손가락까지 떨고 있었다.

「그렇지는 않을 겁니다, 디스.」

「나는 왠지 그런 생각이 들어.」

디조르쥬는 무미 건조한 목소리로 계속 말을 뱉어 냈다.

「난 카포야, 필립. 나는 그런 가정도 해야만 해. 빅터 포피는 언제 돌아오나?」

「2시에 로스앤젤레스 국제 공항에 도착합니다.」

마라스코는 기계적으로 대꾸했다.

「프랭크가 어쩌면 거짓말을 했을 수도 있습니다, 디스. 보란과 마주쳤다는 이야기 말입니다. 그저 당신의 주목을 받으려는 의도로 말입니다.」

「나도 그 점을 생각해 보지 않은 게 아니야. 나는 뭐든지 다 고려해 봐야 하는 위치잖아, 필? 걱정 말아. 계속 생각을 압축시키고 있는 중이니까. 빅터가 우리에게 가지고 올 선물이 몹시 기다려지는군.」

「프랭크 럭키가 사실을 말했을 가능성도 있다고 봐야 합니다, 디스.」

마라스코는 디조르쥬와 심한 논쟁을 벌일 각오를 하며 한마디 던졌다.

「자네나 그렇게 생각하고 있게, 필.」

디조르쥬는 희미한 미소를 띠며 대답했다.

「나는 나대로 생각을 해볼 테니까.」

보란은 외딴 곳에 세워져 있는 공중전화 부스 앞에 차를 세웠다. 칼 라이온스와 통화하기 위해서였다. 그는 경위가 자리에 없을지도 모른다고 생각하며 다이얼을 돌렸다. 그러나 라이온스가 즉시 응답해 왔다.

「오늘 아침 팜 스프링스에서 있었던 사태에 대하여 알고 있는 게 있소?」

라이온스가 먼저 물었다.

「물론 알고 있소. 당신과 정보를 좀 교환해 볼까 하는데.」

「교환은 무슨 교환!」

라이온스는 소리를 버럭 질렀다.

「팀 브래독이 지금 사경을 헤매고 있소. 사람을 그토록 소름 끼치게 조각조각…….」

「나는 그에 대한 정보를 알고 있소. 칼, 브래독은 회생할 것 같소?」

보란이 가로채어 말했다.

「의사들 얘기로는 희망적이라는 얘기요. 그러나 살아난다 해도 당분간 일을 떠나 있어야 할 거요.」

「그는 훌륭한 경찰이었습니다.」

보란이 대단히 애석하다는 듯 말했다.

「물론 내가 아는 어느 누구보다도 훌륭했소. 무엇 때문에 전화했소, 미스터 포인터?」

라이온스는 희미하게 자조의 빛을 띠며 대꾸했다.

「내 신분이 들통나려 하오. 정보가 좀 필요한데…….」

「잠깐만 기다리시오. …… 브로렐라가 여기 와 있는데 좀 난처한 입장인 모양이오. 그는 우리들과 브래독 사이에 끼여 곱으로 곤란을 겪고 있으니까. 그래서…… 잠깐만 기다려요, 미스터 포인터.」

보란은 전화기 저편에서 전해 오는 속삭임을 들었다. 두 사람이 소곤거리며 상의하고 있었다. 이어서 송수화기를 집어 드는 가벼운 소음이 들려 왔다.

「됐소.」

먼저 말문을 연 것은 라이온스였다.

「브로렐라가 왔소. 우선 당신의 정보를 전하시오. 오늘 아침에 거기서 일을 저지른 게 누구누구요? 페나는 제외하고 말이오.」

「나도 다는 알아내지 못했소. 그렇지만 시체는 당신네들이 확인할 수 있을 거요. 팜 스프링스의 두 도로가 만나는 지점 근처에서 말이오. 페나까지 포함해서 여섯이오.」

「모두 죽었소?」

브로렐라의 부드러운 목소리가 끼여 들었다.

「그럴 거요. 이제 내 문제에 대해 얘기해도 되겠소?」

「누가 그들을 죽인 거요?」

「이중 살인 청부 계약에 의해서였소. 페나가 정보를 누출시켰다고 디조르쥬는 생각했던 거요. 다섯은 페나를 돕다가 당한 셈이오.」

「그렇다면 콘과 외과 의사를 죽인 살인자와 교차로에 널린 시체와는 아무런 연관이 없다는 거요?」

브로렐라가 추궁했다.

「나는 그렇게 얘기하지는 않았소.」

「이 사람이 지금 당신한테 농담을 하고 있는 거요, 해럴드. 보란, 당신이 그 사람들을 처형했잖소?」

라이온스가 화를 버럭 냈다.

「저 사람 지금 누구 얘길 하는 거요?」

보란은 브로렐라에게 동의를 구하듯 물었다.

「그놈들은 브랜튼이 당신 얼굴을 수술했다는 사실을 알아내고는 더 자세한 것을 알아보려고 브랜튼에게로 간 거야! 그것은 뻔한 사실이니까 시간을 절약하는 의미에서라도 그런 농담을 말란 말이오. 그 뒤에 그곳에 당도한 당신은 그놈들이 당신 의사 친구에게 무슨 짓을 했는지를 알게 된 거요. 그래서 그들을 모두 쏴 죽였지. 자, 이제 당신 얘기를 들어 보기로 할까? 현재 당신의 위장이 탄로나게 됐다고 했던가? 페나가 죽기 전에 그 불한당들에게 무슨 정보라도 보냈다는 거요?」

「잠깐 기다리시오. 미스터 포인터. 그 대답을 듣기 전에 시간을 좀 주시오.」

브로렐라가 능숙하게 말을 막았다.

「아직 전화를 끊지 말아 주세요.」

다시 보란의 귀에 그들 둘이 상의하는 희미한 목소리가 들려왔다.

「미스터 포인터.」

브로렐라가 보란을 불렀다.

「당신이 우리들을 위해서 해주고 있는 일의 중대성을 우리는 충분히 인정하고 있소. 당신이 어떤 인물이건 우리는 상관하지 않소. 당신에게 유죄 혐의를 돌릴 만한 어떠한 말도 당신은 할 필요가 없소.」

「좋습니다.」

보란은 짧게 대꾸했다.

「우리는 또한 당신의 신분에 의심을 품고 있지도 않소. 그러나 다만 이것만은 분명히 얘기해 주기 바라오. 오늘 아침의 팜 스프링스 살인 사건은 줄리앙 디조르쥬의 명령에 의한 것이었소?」

「아니오. 그건 모두 페나의 생각이었을 뿐이오.」

「그렇다고 해도 페나와 그의 일당은 모두 죽었잖소.」

「그렇소.」

「디조르쥬의 명령에 의해서였소?」

「페나에 대한 살인 청부 계약이 있었소.」

「알겠소.」

브로렐라는 약간 흔들리는 듯한 목소리로 대꾸했다. 보란이 한숨을 내쉬며 말문을 열었다.

「좋소, 라이온스. 당신네들이 내 정보를 의심하는 것은 바라지 않소. 당신이 옳았소. 지금은 농담할 계제가 아니니까 말이오. 어쨌거나 나는 이미 유죄 판결을 받은 셈 아니겠소? 나는 보란이오. 나는 디조르쥬 가문에 침투해 있으며 오늘 아침 페나와 일당을 처치했소. 그러나 그 행동은 순전히 나 자신을 위한 것이었을 뿐이오. 그들이 브랜튼에게 얼마나 처참한 짓을 했는지는 당신들도 보았거나 들어서 알고 있을 거요.」

「그렇소. 브래독을 도와준 사람에 대해서는 그의 입을 통해 인상 착의를 충분히 들어 두었는데 언젠가 밤에 내 차 안에 앉아 있던 사람의 모습과 참으로 비슷하더군요. 레드랜드에서 말이오.」

「그렇소.」

보란은 순순히 수긍했다.

「내 문제에 대해서 얘기할 시간은 없겠소?」

「아니오. 계속해 주시오.」

「소문으로 듣기에는 그들의 위원회가 개인적인 막료를 고용하고 있다는데 누가 지휘를 하고 있는지 알아봐 주시오.」

「당신 부서 일이오, 해럴드.」

라이온스가 말했다.

「현재 위원회에는 10명의 두목들만이 출석하고 있소.」

브로렐라가 그들의 이름들을 줄줄이 주워섬기면서 말을 이었다.

「디조르쥬의 이름이 없다는 것은 당신도 알 수 있을 거요. 2년 전에 그는 마약 거래에 관한 논쟁을 벌이다가 화를 내며 위원회를 떠났답니다. 그렇지만 가끔 매우 중요한 문제가 논의될 때는 참석하기도 하죠. 그는 아직도 위원회에 대해 영향력을 갖고 있소.」

「그러나 위원회 내에는 으레 그렇듯 갈등이 있을 게 아뇨?」

보란이 흥미 있게 물었다.

「그렇소. 위원회는 가격을 정하고 싶어하고 디조르쥬는 그걸 반대하는 입장이오. 그들의 마약 판매 수입 중에서 디조르쥬가 차지하는 몫이 상당하기 때문에 그는 계속해서 가격은 자신이 결정할 문제라고 우기고 있답니다. 다른 가문과의 마약 거래에 있어서도 자기 계획대로만 밀고 나간다고 하오. 그들 사이의 긴장은 꽤 팽팽하오.」

「고맙소.」

보란은 브로렐라에에 진심에서 우러나오는 말을 했다.

「내가 이용할 수 있는 정보를 받은 것 같소. 나는 특별히 위원회의 카포들에게 흥미를 느끼고 있소. 그에 대한 또 다른 얘기는 없소?」

브로렐라는 헛기침을 해댔다.

「국내에서 가장 강력한 카포의 일당은 텔리페로 형제라는 얘기가 있소. 이 형제는 보통 패트와 마이크라고 불린답니다. 그들은…….」

「좋소. 패트와 마이크에 대해서는 나도 들은 바가 있소. 당신 얘기를 듣고 보니 분명해지는군. 아마 나는 내 목숨을 보존해 나갈 수…….」

「조심하시오, 포인터.」

브로렐라가 충고의 말을 던졌다.

「이 텔리페로 형제는 보통 문젯거리가 아니라고 합니다. 그들은 한 번 명령을 받기만 하면 마치 전파 유도를 받는 미사일처럼 행동한다는 얘기도 있소이다. 그들을 빈손으로 돌려 세운다거나 공격을 연기할 수 있는 방법이란 없다는 거요. 그들 일당 중의 저격수로 말하면 게슈타포 가운데에서도 정예들 같다고 합니다. 그들은 단지 패트와 마이크의 명령만을 따른다고 합니다. 그 형제들 자신이 그들의 위원회를 지휘하는 거죠.」

「완벽한 정보로군. 이제 전화를 끊어야겠소.」

「아, 미스터…….」

브로렐라가 서둘러 불렀다.

「뭐요?」

「오늘밤 나는 워싱턴으로 떠납니다. 당신의 입장을 대신하여 내가 해줄 만한 일은 없겠소?」

「무슨 뜻이오?」

「비공식적인 건데 〈용서와 망각〉의 대표권 말이오. 내 뜻을 따를 의향이 있소?」

「이번엔 농담을 하는 거요?」

보란은 낄낄거리며 물었다.

「그는 대단히 진지하게 얘기하는 거요, 보란!」

라이온스가 끼여 들었으나 브로렐라는 아랑곳하지 않고 말을 이었다.

「고위층 관리들은 이곳에서의 당신의 활동을 높이 평가하고 있소. 처음엔 사실 당신의 진정한 의도를 의심했었소. 그런데 이제까지 당신의 행동이 그 의심을 일소시켜 버렸소. 그래서 얘긴데…… 내가 지금 뭐라고 분명히 약속을 할 수 있는 입장은 아니오만…… 내 생각으로는…… 내가 당신에게 어떤 직위를 얻게 해줄 수 있을 것 같소. 물론 이해하실 줄로 믿소만 비공식적인 것이긴 하오. 거기에는 물론 단서가 하나 붙게 될 거요. 당신이 현재의 역할을 계속해 준다는 것이오.」

「내가 죽지 않는 한 계속할 것이오. 이건 본래의 내 뜻이오.」

「당신은 죽지 않을 거 아뇨? 그렇지 않소?」

라이온스가 키들거리며 끼여 들었다.

「어쩔 수 없는 경우에 처하지 않는 한은!」

「당신을 돕기 위해 우리가 할 수 있는 일은 따로 없소?」

「아마 없을 거요. 이기건 지건, 아니면 그만둬 버리건, 이건 내가 벌여 놓은 판이니까. 아 참, 약 2년쯤 전에 스무 살 가량의 나이로 죽은 찰스 다고스타의 사인을 조사해 주었으면 하는데요. 산페드로 외항에서 선박 사고로 익사했다고 합니다.」

「마피아에 의한 살인이란 말이오, 보란?」

라이온스가 물었다.」

「포인터라고 부르기로 합시다.」

브로렐라가 신경질적인 목소리로 간섭했다. 그러나 보란은 웃으면서 대꾸했다.

「그 사건은 당신에게 대단한 기회가 될 수도 있을 거요. 조사해 주시겠소?」

보란이 진지하게 물었다.

브로렐라가 침착하게 대꾸했다.

「하겠소. 또 다른 건?」

「저…….」

보란이 망설였다.

「브래독이 고맙다고 전해 달라고 그랬소.」

라이온스가 말했다.

「고맙소.」

전화를 끊고 난 보란은 새 메르세데스 승용차로 돌아왔다. 다시 한 번 권총 벨트를 살펴본 다음 그는 저택을 향해 출발했다. 경찰 사회와의 관계는 아무래도 익숙해질 수 없을 것 같았다. 그들은 〈직위〉라는 것을 제안함으로써 무엇을 암시하려 했던 것일까? 맥 보란은 희미하게나마 의아스런 생각이 들었다.

「아마도 그건 살인 면허증인가 본데…….」

그는 계속 중얼거리며 메르세데스를 몰아 갔다.

「다시 생각해 봐도 그래!」

깊이 생각에 잠긴 채 그는 덧붙였다.

「죽어도 좋다는 면허증이기도 하겠지.」

어느 쪽이든간에 맥 보란에게는 면허증이란 관심 밖의 문제였다. 이 성스러운 전쟁에 임하기 위한 그의 분노는 이미 뜨겁게 달아오르고 있었던 것이다.

22
새로운 전우들

정문을 지키고 있던 경비원은 얼굴 전체에 웃음을 띠며 다정하게 말을 건네 왔다.

「이게 누구야, 프랭크! 오늘 아침 자네가 벌인 한바탕 소동에 대해 나도 들었어. 야성의 사나이 같았다고 하던데 그래! 자네를 따라갈 걸 하고 생각했다구!」

보란은 웃는 얼굴로 대꾸했다.

「자네에게도 곧 기회가 올 거야, 앤드루 하디!」

그는 침착하게 윙크를 해보이고 주차장을 향하여 천천히 차를 몰았다. 앤드루가 요란하게 떠들어 대며 또 다른 경비원에게로 다가가는 것을 보란은 보았다.

보란이 메르세데스에서 내리려고 할 때 베니 피스풀이 나타났다. 그는 보란에게 다시 승리의 V자를 그려 보이며 말했다.

「2시간 동안이나 수영장 옆에서 당신을 기다리고 있는 미인이 있어. 아마 그쪽으로 가지 않으면 그 여자는 크게 실망하고 말걸!」

보란은 고개를 끄덕이곤 담뱃불을 붙이기 위해 멈춰 서며 물었다.

「왜 이리 소란스럽지, 베니?」

「이 집 전체가 아침에 당신이 벌인 일에 대한 소식을 듣자 그저 놀라서 꼭 얼어붙어 버렸다구!」

그 젊은이는 태연한 척하려고 애쓰면서 대답했다.

「물론 나는 별로 놀라지 않았지. 당신은 무슨 일이든 해낼 사람이라는 것을 이미 알고 있었으니까.」

「이제 자네 도움이 필요하네, 베니 피스풀!」

보란은 젊은이의 어깨 너머를 응시하며 말을 이었다.

「자네가 무슨 일을 할 수 있는 사람인지 나는 잘 알고 있다네.」

베니는 그 순간 자신이 전문가나 된 듯한 표정을 지어 보였다. 보란의 시선을 따라 하늘을 올려다보며 그는 뿌듯한 기분으로 침착하게 말했다.

「정확히 보았어, 프랭크!」

「자네와 같은 사람은 때가 왔다고 판단하면 자신의 생각을 바꿀 줄 아는 법이지.」

「자세하게 얘기해. 자네가 바라는 게 뭔가?」

「패트와 마이크도 이런 방법으로 사람을 이용해 왔다네.」

그는 순간 호흡을 멈춘 듯했다. 그는 가볍게 몸을 떨더니 곧 안정을 되찾으려고 애를 썼다. 그는 자신의 얼굴 근육이 경련하는 모습을 감추기 위해 억지로 미소를 지어 보였다.

「정말 이럴 수가! 당신이 특별한 사람이라는 건 알고 있었지만…….」

「침묵을 지켜야 할 때를 아는 사람은 적당한 시기가 오면 달려나갈 줄도 알지. 바로 그런 사람이 가치 있는 사람이 될 수 있는 법이라네.」

보란이 젊은이를 훑어보며 말했다.

「그래. 당신 말이 옳아! 프랭크 럭키!」

베니는 그에게 확실하게 말했다.

「좋아. 자네도 가치 있는 인물이 될 수 있어. 마음의 준비를 하고 기다리게!」

보란은 피우고 있던 담배를 퉁겨 버리고 폐쇄된 정원으로 들어갔다. 베니 피스풀은 몇 발자국 뒤로 물러서더니 태연한 척 자신의 근무 위치를 찾아 섰다. 그의 표정은 뭐라 표현할 수 없을 정도로 밝아졌다. 보란은 곧 그에게로 되돌아와 다시 말했다.

「잘 듣게. 나는 지금 결정을 보았어. 너는 앞으로 제2의 프랭크다, 알았나?」

그 말은 베니 피스풀에게 너무 심한 충격이었던 모양이었다. 그는 입술을 마구 떨면서 숨을 몰아 쉬었다. 그는 보란을 꽉 잡을 듯하면서 열렬하게 부르짖었다.

「프랭크, 나는 당신 사람이야. 무슨 일이 벌어지나?」

「얘기했잖나, 베니! 앞일을 아는 사람은 그의 생각을 바꿀 때가 된 거야. 디스를 잊어버리게. 알아듣겠나?」

젊은 경호원은 쇼크를 받았는지 얼이 빠진 채 멍청히 고개를 끄덕일 뿐이었다.

「잘 알아들었네!」

잠시 후 그는 떨리는 목소리로 대답했다.

「됐어. 그럼 저택을 한 바퀴 돌아보게. 자네처럼 현명한 생각을 가진 사람들을 찾아보게. 쓸 만한 그런 사람들이 악당과 함께 사라지는 건 원치 않으니까. 베니! 이게 자네에게 내리는 첫 번째 명령이야. 구해 낼 만한 가치가 있는 사람을 찾아 두라구. 알았지?」

「알겠네, 프랭크!」

「좋아. 그리고 그들을 한곳으로 모으게. 그들에게 내가 알려줄 말이 있으니까.」

「뭔가? 프랭크 럭키.」

「오늘 아침 사막에서 있었던 사건은 다름이 아니라 앞으로 일어날 일에 대한 징조에 불과한 것이라는 사실을……. 내가 하는 얘기 알아듣겠나?」

「스크루이 루이는 그걸 몰랐어. 이곳의 많은 녀석들도 아직 모르고 있고.」

「그들도 곧 알게 될 테니 염려 말라구!」

보란은 담담하게 말했다.

「자네에게 달려 있어, 베니! 다쳐서는 안 될 사람은 따로 구별해 둬. 시간이 충분하지 않아. 또 그들에게 무엇이 어떻게 돌아가고 있는지 말해 두게. 그들에게 자네가 손가락을 딱! 할 때를 기다리라고 하란 말이야.」

베니 피스풀은 기쁨을 참지 못하겠다는 듯 환하게 웃어 보이며 말했다.

「내 손가락이? 아, 알았네. 프랭크! 그래, 내 손가락이 딱! 할 때를…….」

「빨리 가서 자네 패거리를 끌어모아!」

「지금 즉시 일을 시작하겠네, 프랭크.」

베니는 기우뚱거리며 서둘러 걷기 시작했다. 그는 주차장을 향해 모퉁이를 돌아 사라져 갔다. 보란은 혀를 굴려 경쾌한 소리를 내며 안드레아 다고스타가 기다리는 풀장으로 기분 좋게 다가갔다.

「꼬마 병사하고 무슨 얘길 그렇게 오래도록 소곤거렸어요?」

「그를 설득했어.」

보란은 흐뭇한 미소를 띠며 대답했다.

「별로 행복해 할 입장이 아니잖아요? 여기서 나는 몇 시간 동안이나 당신을 기다렸어요. 나는 두려워요. 이제 당신은 막다른 골목에 이른 것 같아요.」

보란은 몸을 굽혀 그녀의 뺨에 입을 맞추었다.

「무슨 소리야?」

「이러고 있을 때가 아니란 말예요!」

안드레아가 안타까운 표정으로 그의 손을 잡고 말을 이었다.

「플로리다에 갔던 빅터 포피가 그 사람을 데리고 돌아왔어요. 그들이 지금 서재에서 당신을 기다리고 있다구요.」

보란은 태연하게 미소 지으며 물었다.

「그 사람의 이름이 뭐지?」

「빅터가 토니라고 부르는 걸 들었어요. 내가 아는 건 그것뿐이에요. 자그마한 사람이었어요. 피부는 누런 데다 메마르고, 게다가 멍청해 보였어요. 마흔쯤 됐을까?」

보란은 한숨을 내쉬었다.

「고마워.」

「나한테 감사해 할 필요는 없어요. 나를 그 대신 이곳에서 내보내 주기만 하세요.」

「당신은 지금 당장에라도 나갈 수 있어!」

「누구하고 농담하자는 거예요?」

「지금 이 순간이 아니면 절대로 불가능한 일이야.」

보란은 안드레아의 위아래를 차근차근 훑어보다가 덧붙였다.

「당신, 여행을 떠나기에 적당한 차림이군. 여길 나가면 어디로 갈 예정이지?」

「가장 빠른 항로를 택해서 이탈리아로 가겠어요. 엄마와 당분간 같이 지내고 싶어요.」

「아버지한테는 무슨 일이 일어나건간에 관심 없어?」

안드레아는 잠시 동안 보란을 뚫어지게 노려보았다.

「아빠도 자기 사업에 관해서는 나와 상의한 적이 없다구요!」

「좋아. 나를 따라와. 당신 소원을 풀어 주겠어. 그리고 그 다음에 내가…….」

그는 안드레아를 한 팔로 안아 매트로부터 일으켜 세웠다. 필립 마라스코가 안마당을 가로질러 현관에 나타난 것은 바로 그 순간이었다. 그는 보란을 향해 뭐라고 소리쳤다. 보란은 그를 발견하자 팔을 흔들어 보였다.

「디스가 자네를 기다리고 있어. 빨리 오라구! 디스가 애타게 찾고 있다구.」

보란은 그녀를 안았던 팔을 풀면서 속삭였다.

「준비 끝내고 기다려. 곧 돌아올 테니까.」

「정말 그럴 수 있을까요?」

안드레아는 불길한 눈길로 한숨까지 내쉬며 매트로 돌아가 다리를 쭉 뻗으며 누웠다.

보란은 안뜰을 가로질러 활달한 걸음으로 현관 앞에 서 있는 마라스코에게로 다가갔다.

「무슨 일인가?」

「나도 모르겠네.」

마라스코가 묘한 표정으로 대꾸했다.

「늙은이가 마치 바늘 방석에 앉아 있는 것처럼 펄쩍펄쩍 뛰고 난리야. 그 사람의 심리 상태가 가장 고약스런 때에 자네가 만나게 된 것 같아!」

그들은 서로 팔꿈치를 나란히 하고 디조르쥬의 서재를 향해서 걸어갔다.

「명령대로 실행되었다는 걸 그도 이미 알고 있겠지? 그런데 도대체 뭘 걱정하고 있다는 건가?」

「만일 우리가 자네를 저지할 수만 있었다면 그 명령을 취소했을 거야, 프랭크. 그렇다고 그걸 가지고 카포와 싸우지는 말게. 그건 그를 더 신경질적으로 만들 뿐일 테니까.」

「하지만 명령을 취소하지 않았잖아, 필립 허니.」

보란은 여유를 보이며 말했다.

「자네는 마치 가문의 사람인 것처럼 얘기하는군.」

「난 자네를 좋아해, 필.」

보란이 걸음을 늦추며 말했다. 마라스코도 그와 보조를 맞추기 위해 걸음을 늦추었다.

「물론, 나도 자네를 좋아한다네.」

그는 놀라지도 않고 대꾸했다.

「이런 얘기를 아나? 옛날 이집트나 그 주변 국가에서는 왕이 죽으면 왕과 함께 모든 왕궁의 시중들도 같이 묻어 버리는 풍습을 따랐다는군. 하인들, 노예들…… 그 밖의 다른 여러 물건들도 함께 말이야.」

「함께 묻었다구?」

「그렇다니까. 이집트 사람들은 이렇게 생각했다네. 왕의 생명이 끝나면 그의 주위 사람들도 함께 삶이 중단된다고 말이야. 어리석지 않은가, 필?」

마라스코는 걸음을 멈추며 반문했다.

「그래서 그게 어쨌다는 건가, 프랭크?」

보란은 몸을 돌려 그의 얼굴을 진지하게 들여다보며 침착하게 말했다.

「패트와 마이크가 말하기를 왕이 이제 갈 때가 되었다고 하더군, 필립 허니.」

마라스코의 얼굴에서 핏기가 싹 가셔졌다.

「아! 그럼 곧 그런 일이 일어날 것이란 말인가?」

「자네가 고대 이집트 인이 되지 않기를 나는 바라고 있네. 필립 허니.」

보란은 나지막하게 속삭였다.

마라스코는 주머니에서 담배를 한 개비 꺼내더니 생각에 잠긴 표정으로 그것을 입술 사이에 끼워 물었다. 보란이 재빨리 불을 당겨 주자 마라스코는 연기를 뭉게뭉게 피워 올리면서 입을 열었다.

「나는 이집트 사람이 되기는 싫어, 프랭크!」

「반갑네!」

보란은 디조르쥬의 서재를 향해 천천히 걸음을 옮기기 시작했다. 마라스코가 다가서더니 보란의 팔을 잡았다.

「잠깐 기다리게! 들어가는 일이 그리 바쁜 것은 아니잖나! 그들이 자네를 위해 칠면조를 하나 준비해 뒀다네.」

「칠면조라니?」

보란은 아무렇지도 않다는 듯 물었다.

「자네를 옛날부터 안다는 자가 있어. 그런데 그자는 자네가 베트남에서 죽었다고 얘기하고 있다네. 자네가 그의 이름을 빌린 건가, 프랭크?」

「글쎄. 그자의 이름은?」

「토니 에비나. 뉴저지에서 자네와 같이 자랐다고 하더군. 디스 앞에서 이 일로 인해 자네 입장이 난처해지지는 않겠나?」

「그 녀석은 우리 조직 내의 사람인가?」

「아니야. 그의 온몸에서는 죄수 냄새가 풍기고 있어.」

「잠깐, 필.」

보란이 은밀하게 그의 귀에 대고 속삭였다.

「내 이름은 사실 프랭크 램브레터가 아니야.」

「그래, 나도 조금 전에야 눈치를 챘어. 그 칠면조를 어떻게 처리할 작정인가?」

마라스코의 음성도 낮아졌다.

「그놈이 놀라서 오줌이라도 찔끔거리게 만들어 줄 계획이야. 안심하고 따라오게.」

칼 라이온스는 흥분을 감추지 못한 채 브로렐라를 내려다보며 마룻바닥 위를 서성거리고 있었다.

「이건 보통 일이 아니오! 대단한 발견이라구, 해럴드! 우리가 이 정보를 보란에게 전해 주기만 한다면 말이오! 누군가가 그 당시에 검시관을 매수했을 수도 있소. 당신도 그걸 알겠죠? 그 검시 과정은 그의 사인과 더불어 모든 신문에 공개되어야만 해요!」

「그래 알았소. 알았다구!」

브로렐라는 부드럽게 타이르듯 말을 이었다.

「칼, 그렇지만 이 점을 명심해 두시오. 그때의 루이 페나는 지금처럼 세력 있는 마피아의 두목은 아니었다는 사실 말이오. 지금의 절반 정도도 안 되었소. 게다가 모터 보트를 묶고 있던 루이 페나가 바로 요란했던 30년대의 악명 높은 그 루이 페나였다는, 그 둘이 동일 인물이라는 증거는 아무데도 없지 않소? 논리적으로 보더라도 사고를 당한 시체를 조사했던 검시관이 그런 사실을 모를 리 없잖겠소? 음모는 법정 밖에서 이루어졌던 거요. 증인 심리 과정에서도, 사건 조사팀에서도, 또 우리가 모르는 그 밖의 재판 과정에서도 잘못된 것은 아니었소. 어쨌든 그들 모두는 법정이 만족할 만한 결론을 내려 주었다고 생각했던 거요.」

「그렇지만 사실은…….」

라이온스는 계속해서 따지고 들었다.

「범선은 항상 동력 추진선을 추월할 수도 있는 권리가 부여되어 있지 않소? 아무데도 책임 지울 데가 없다면 지방 검사가 책임을 지는 수밖에 없는 거요. 페나는 간단히 그 작은 범선의 앞길을 막고 달아났소. 자기 임무가 완벽하게 수행되었는지를 확인할 수 있을 때까지 주변에서 충분히 서성거렸을 거요. 그리고는 불행한 사고였다고 증언했을 게 뻔하죠. 살아 남은 자들은 그

행운에만 정신을 빼앗긴 채 법정을 떠났을 거요. 그건 정의롭지 못한 일이오! 당신이 뭐라고 말하건 절대 올바른 일이 아니오. 우리는 그 동기까지도 확인하고 증명해 보여야 합니다. 당신이 맡은…….」

「돌이켜 보면…….」

브로렐라는 격분한 경찰관을 진정시키려고 애쓰며 말했다.

「2년 전까지만 해도 내 직책으로는 그 기록들에 접근할 수조차 없었소. 지금 역시 보통의 상황에서라면 마찬가지죠. 내가 그 다고스타라는 이름을 듣는 순간 뭔가 떠오르는 것이 없었다면 상황은 지금 여기까지도 진전되지 못했을 거요.」

「좋소. 내가 보란과 접촉하겠소. 그는 지금 독사가 우글거리는 굴 속에 뛰어든 셈입니다. 우리는 그를 도와줄 수 있습니다. 그에게 모든 화기와 방어 수단을 제공해 주어야겠소. 우리는 지금껏 그만큼 유능한 정보 제공자를 갖고 있지 못했다는 사실을 당신은 잊고 있는 거요?」

「내가 모른다구요?」

브로렐라는 껄껄 웃으며 대꾸했다.

「그러니까 동의하십시오.」

라이온스가 잘라 말하고 브로렐라에게 따지고 들었다.

「점잔이나 빼고 있지는 말자구요. 우리측 사람이 물에 빠져 허우적거리고 있는데 논쟁이나 벌여서야 되겠소? 보란이 우리한테 방법을 제공했으니까 그걸 이용하도록 하잔 말이오.」

브로렐라는 갑자기 고통스러운 표정을 지었다.

「그 건은 당신이 결정했으니 때를 봐서 그에게 연락을 취하거나 말거나 마음대로 해도 좋소. 그렇지만 후원해 달라고 나를 조르지는 마시오.」

라이온스는 묶어 두었던 서류 뭉치를 꺼내 그 중 하나를 펼쳤다. 거기에는 〈미스터 포인터〉라고 불리는 한 남자로부터 넘겨받은 정보와 그의 전화 번호가 적혀 있었다.

서류 위쪽에는 〈제1급 비밀 취급자에게만 열람이 허락됨〉이라고 적혀 있었으며, 그 밑에는 〈렘프레터〉라는 이름과 팜 스프링스의 한 전화 번호도 적혀 있었다.

「이 국번이면 어느 지역쯤일까?」

라이온스가 찌푸린 얼굴로 중얼거렸다.

「당신이 직접 걸어 보면 쉽게 알아낼 수 있을 거 아니오?」

「전화국에 위치를 물어 봐야겠소.」

「그러는 동안에 막상 행동을 취할 적당한 시기를 놓치고 말겠소.」

브로렐라가 한숨을 쉬며 내뱉었다.

「그럴까요?」

라이온스는 망설이며 전화통을 노려보았다. 이윽고 그는 그것을 앞으로 당겨 수화기를 들었다. 외부 통화를 신청한 다음 그는 전화 번호를 되씹으며 다이얼을 돌렸다. 그러나 곧 다시 수화기를 내동댕이치고 말았다.

「빌어먹을, 나는 이런 첩보 활동 같은 데에는 도무지 어울리지가 않아!」

보란과 마라스코는 상대의 의심을 받지 않기 위해 그럴듯한 농담을 주고받으며 카포의 은밀한 내실로 들어서고 있었다. 마라스코는 문 근처에 멈춰 섰고, 보란은 디조르쥬의 앞까지 걸어

들어가서 간단한 인사를 끝내고는 가죽 의자에 가 앉았다.

「휴식을 취했다구, 프랭크?」

그가 자리에 앉는 것을 보면서 디조르쥬가 투덜거렸다.

「그렇지만 하루 종일 쉬라는 얘기는 아니었을 텐데!」

방 안에는 그들 이외에도 다른 두 사내가 있었는데 그들 중 하나는 보란에게도 낯익은 자였다. 그는 그 사내가 빅터 포피라고 확신했다. 다른 한쪽도 안드레아의 정확한 묘사 덕분에 쉽게 알아볼 수 있었다. 숨이 막힐 듯한 침묵 속에서도 보란은 자그마한 체구의 사내를 세밀히 관찰하고 있었다. 한순간 한순간이 그야말로 그에게는 치명적일 수 있는 시간이었다. 마침내 보란이 좌중을 둘러보며 입을 열었다.

「여, 토니! 언제부터 조용히 처박혀 사는 생활을 집어 치우기로 했나? 정말 오랜만이군, 토니!」

디조르쥬의 호흡이 조금 빨라졌다. 빅터 포피는 좀 신경질적인 미소를 띠며 그의 두목을 흘끗 쳐다보았다.

극도의 불안감에 사로잡힌 그 작은 사내는 놀란 장닭 같은 표정을 한 채 보란을 쳐다보고만 있을 뿐이었다.

「어, 프랭…….」

사내의 목소리는 거기서 그대로 사그라들고 말았다. 그는 숨이 막힌 듯 몇 차례 기침을 해대더니 목청을 가다듬으며 가래를 돋우었다가 눈을 부릅떴으나 이내 눈물이 그렁그렁한 두 눈을 내려뜨고 말았다. 그리고는 자신의 가슴을 두어 번 두들기더니 무어라 형용키 어려운 미소를 떠올리며 의자에 주저앉아 버렸다.

「당신들 서로 아는 사이였나?」

디조르쥬는 놀랍다는 듯이 물었다. 그러나 그가 무슨 연극을 꾸미려는지 모르는 사람은 그 방 안에 아무도 없었다.

「사람이란 세월따라 조금씩 변하는 법이죠. 저기 있는 토니는 대단한 장부였었소. 이웃에 사는 사람들 대부분이 토니를 두려워했소……. 세월이 지나면 사람이란 변하게 마련인가 봅니다.」

「내 생각에는 자네는 별로 변한 것이 없는 것 같아, 프랭크.」

마라스코가 불쑥 내던진 말이었다.

「여전히 촐싹대기 좋아하는 망아지 새끼 같다니까!」

줄리앙 디조르쥬가 꾸짖는 듯한 시선으로 마라스코를 쏘아보는 것을 보란은 놓치지 않았다. 보란은 낄낄거리며 농담처럼 말을 돌리며 대꾸했다.

「아냐…… 나도 변했어. 요즘의 나를 보라구. 내 이 꼴을 봐. 지치고 늙었어. 내가 느끼지도 못하는 사이에 세월이 나를 이렇게 좀먹고 만 거야. 5년쯤 전만 해도 오늘 아침 일과 같이 6명쯤 문질러 대고 나면 오히려 근육이 풀리곤 했는데 말이야. 이제는 항상 꼬리에 달고 다니는 게 피로, 그리고 쉬고 싶다는 생각뿐이지.」

마라스코는 소리를 내며 웃어 댔다. 디조르쥬는 험악한 표정으로 그를 노려보고 있었다. 마라스코는 즉시 입을 다물었다. 그 광경을 지켜보고 있던 빅터 포피가 그제야 입을 열었다.

「나도 그 얘기 들었네. 프랭크. 여기 있는 사람들 모두 내게 그 얘기를 해주고 싶어 안달을 하더군. 그래서 나도 현장을 직접 보고 싶어졌어.」

「닥쳐!」

디조르쥬가 악을 썼다. 보란의 허풍에 대한 효과는 작은 칠면조의 얼굴에 이미 명백히 나타나 있었다. 그 조그마한 사내는 유령이라도 보고 있는 듯한 눈빛으로 보란을 응시하며 어쩔 줄 몰라하는 표정으로 두 손을 비틀어 댔다.

「다시 만나게 되어 반가운데…… 프랭크.」

사내의 목소리는 한껏 풀이 죽어 있었다. 그 순간을 참지 못하고 디조르쥬는 꼿꼿이 세운 손가락으로 토니 에비나를 가리켜며 발악을 했다.

「이봐! 무슨 소리야! 네가 프랭크 램브레터는 월남전에 징집되어 가서 전사했다고 말한 지가 아직 채 10분도 지나지 않았는데 이건 또 무슨 소리야!」

「정말 전 무슨 영문인지 모르겠어요. 디조르쥬 씨.」

「그 사람 윽박지르지 말아요, 디스. 그가 떨고 있는 게 보이지도 않습니까?」

보란이 타이르듯 말했다.

「여기가 어딘 줄 알고 내게 이래라 저래라 하는 건가? 도대체 자넨 자신을 자신을 뭘로 생각하는 거야!」

「당신은 날 뭘로 생각하시나요. 디스?」

담담한 목소리로 보란이 반문했다. 그러자 디조르쥬는 화가 치밀 대로 치밀어 다음 말을 잊은 채 상대방을 노려보고 있을 뿐이었다. 프랭크 럭키가 이 방으로 들어선 이래 그자의 행동과 말과 태도는 계속 디조르쥬의 신경을 자극해 대고 있었다. 건방진 표정을 하고 말대꾸까지 하고 있는 게 아닌가! 마치 자기가 카포인 양 명령을 하지 않나, 그 안드레아와의 첫날처럼, 꼭 그때처럼…….

어느새 디조르쥬의 생각을 억누르고 있던 단단한 얼음 덩이 같은 매듭이 서서히 용해되어 가고 있었다. 간신히 그는 자신의 이성을 되찾을 수 있었다.

「좋다. 이제 내가 질문을 하겠다, 프랭크. 그리고 넌 숨김 없이 대답해야 한다.」

보란의 시선이 토니 에비나에게로 옮겨졌다.

「대답해 주게, 토니. 내가 누군가를 이분에게 말씀드리게. 사실 그대로를 말씀드려.」

「이봐요, 난 솔직히 당신이 누군지…… 프랭크?」

보란이 웃음을 터뜨리자 필립 마라스코가 그에 합세했다. 이어 빅터 포피의 웃음소리도 섞여 들었다. 얼굴에 심한 경련을 일으키고 있던 디조르쥬는 경련을 일으키다 못해 뻣뻣하게 굳었다. 보란은 의자에서 일어나 한 손으로 벽을 짚고 다른 한 손으로는 자신의 배를 쓰다듬는 시늉을 했다.

「맙소사, 나도 내가 누군지 모르겠는데!」

보란은 이제 숨까지 헐떡거리며 두 팔로 자신의 양어깨를 끌어안았다.

「저놈을 끌고가! 필!」

카포가 간신히 소리쳤다.

「형이상학적인 문제로 바뀌었군 그래. 나도 나 자신이 누군지를 전혀 모르고 있으니까!」

보란이 계속 낄낄거렸다.

「잠깐 기다리십시오.」

마라스코가 갑자기 진지한 얼굴로 끼여 들었다.

「드릴 말씀이 있습니다, 디스. 몇 년 동안 계속해서 같이 일해 왔습니다만 이 얘기는 꼭 해야겠어요.」

「무슨 말인가?」

「괜찮아, 프랭크?」

아직도 낄낄거리고 있던 보란은 고개를 끄덕였다.

「프랭크 럭키에 대해서입니다. 그는 가문 내부의 사람입니다.」

「가문이라구?」

순간 디조르쥬의 표정이 달라졌다. 그는 바늘 같은 시선으로 마라스코를 쏘아보며 물었다.

「비토리니요.」

보란의 목소리 사이를 떠돌고 있던 모든 킬킬거림과 자질구레한 소음들이 순식간에 중단되고 대신 그 자리를 무거운 정적이 차지하기 시작했다. 디조르쥬는 〈그의 사람〉이었던 프랭크 럭키를 살펴보기 위해 천천히 돌아섰다. 자신이 후원자가 되어 그의 가문으로 끌어들이려 했던 그 사나이를. 그리고 어느 땐가는 카포의 대를 이을 인물로 만들려고 했던 사나이를 돌아보며 그는 강경한 어조로 말했다.

「너는 지금 도대체 무슨 소리를 하고 있는 건가?」

「프랭크 럭키는 비토리니 가문이라는 얘깁니다. 그는 패트와 마이크를 섬기고 있습니다.」

마라스코가 좀더 자세히 설명하자 디조르쥬의 입은 딱 벌어졌다가 곧 다물어졌다. 그의 시선은 보란을 향했다가 마라스코를 노려보았으며 다시 보란을 쏘아보고 있었다. 그는 숨을 죽이며 물었다.

「이게 어떻게 된 일인지 설명을 해, 필립 허니!」

「당신도 알고 있잖소, 디스?」

보란이 오히려 반문했다.

「아니야. 나는 몰랐다구.」

디조르쥬는 다리를 끌며 그의 책상을 향해 조심스럽게 걸어갔다.

「필! 자네는 내가 뭘 원하는지 알고 있지?」

보란이 부드럽게 한마디 던지자 마라스코는 디조르쥬를 책상으로 밀어붙이고 그에게로 바싹 다가섰다. 그러더니 그의 손이 상의 주머니 속에 들어가 무언가를 움켜쥔 채 더 이상 움직이지 않았다.

「아니! 네 놈들이 감히!」

떨리는 음성으로 디조르쥬가 비명을 질렀으마 이제 그의 격노를 두려워하는 자는 아무도 없었다.

「디스에게 찬 바람이나 쏘이게 해줄까, 프랭크?」

「그래. 낯짝을 보니 그래야 할 것 같군!」

보란은 안락 의자에 깊게 파묻히며 느긋하게 말했다.

「찬 바람을 쏘여야 정신이 들 모양이지, 필.」

「감히 내게 이런 짓을 하다니!」

디조르쥬는 울부짖었다.

「난 아무 짓도 하지 않았어, 디스.」

보란은 빅터 포피에게 미소를 보내며 말을 이었다.

「이봐 빅터. 자넨 친구를 데리고 플로리다로 돌아가게. 가서 푹 쉬도록 하라구. 토니를 보니 햇볕이 좀 필요할 것 같으니까. 그리고 당신은…….」

「이 날강도 같은 놈! 어디로 가서 무엇을 하라고 명령하는 놈이 대체 누구야!」

디조르쥬가 발작을 일으키듯 소리쳤다.

「저자가 아직도 여기 있었나?」

보란이 눈으로 빅터 포피를 주시하면서 물었다.

「필, 지금쯤은 자네가 데리고 나가서 정신이 번쩍 들게 해주고 있겠구나 생각했는데…… 아직 여기 있었어?」

빅터 포피는 토니를 앞세우고 마구 그를 재촉하면서 문을 향해 걸어갔다.

곧 이어 디조르쥬의 악쓰는 소리가 들려 왔다.

「네 놈들이 이 따위 짓을 하고도 무사할 줄 아느냐!」

프랭크 럭키, 보란은 한숨을 토하며 낮게 내뱉었다.

「이봐, 이제 겨우 시작이라구!」

23

카포의 최후

허둥지둥 복도로 달려나가던 빅터 포피와 토니 에비나가 누군가와 부딪칠 뻔했던 모양이었다. 여자의 화난 듯한 목소리가 곧바로 날아왔다. 보란은 이내 그들이 용서를 비는 소리도 들을 수 있었다.

안드레아 다고스타가 문을 열고 들어섰을 때 32구경을 쥐고 있던 보란의 손은 문을 향해 겨누어져 있었다. 그녀의 손에도 22구경의 권총이 들려 있었는데 주석으로 도금된 멋진 것이었다. 그녀는 곧 방 안의 상황을 파악한 것 같았다. 방을 한 번 재빨리 휘둘러보고 난 그녀의 시선은 보란을 정시하고 있었다.

「내가 원하는 건 아빠예요.」

「그 사람은 틀렸어.」

보란이 짧게 대답했다.

「나는 내 몫을 돌려 받겠어요. 빨리 그를 풀어 줘요.」

「안드레아, 이곳에서 빨리 나가!」

디조르쥬가 으르릉댔다.

「여기에서 무슨 일이 벌어지고 있었는지 나는 다 알아요.」

맥 보란을 노려보는 그녀의 눈 속에서는 증오심이 불타 오르고 있었다.

「당신은 이 사람들 중 어느 누구보다도 더 나빠요. 나는 당신에 대한 소문들을 믿고 싶지가 않았어요. 그러나 그 말들이 모두 사실이었군요. 당신은 살인광이에요! 그래서 이제는 내 아빠를 죽이려는 거죠?」

「빨리 나가! 남자들이 사업 얘기를 하는데 끼여 드는 게 아니야!」

「이 여자는 모든 것을 제대로 이해하고 있어, 디스!」

보란이 그녀를 두둔했다.

「하나님이 보호해 주실 게다. 너는 아무것도 모르는…….」

디조르쥬의 말은 탕! 하는 리볼버의 총격 소리에 의해 잘려나가고 말았다. 보란의 등 뒤에 있던 꽃병이 박살이 나서 사방에 흩어졌다. 보란은 미소 띤 얼굴로 말했다.

「저 여자가 우리들 머리 위로 뭘 던졌군, 필!」

「당신이 먼저 쓰러질 거라구요!」

화를 참지 못하며 안드레아가 계속 소리쳤다.

「내가 당신을 쏘지 못할 것 같아요? 천만에!」

「그렇게 생각하지는 않는다구!」

여전히 얼굴에 웃음꽃을 피운 채로 보란이 말했다.

「이쪽으로 오세요, 아빠!」

「오, 제발! 안드레아. 그자는 너의 적수가 아니야. 네가 그자의 움직임을 눈치 채기도 전에 그자는 너의 두 눈을 간단히 쏘아 버릴 수가 있어. 여기에서 당장 나가거라. 내 말을 들어!」

「아니에요. 저는…….」

「여기서 나가라, 디스! 당신의 귀여운 공주와 총싸움을 벌이고 싶지는 않아.」

보란이 안드레아의 말문을 막으며 말했다.

「네 놈은 이곳 구조를 잘 몰라! 그렇게 쉽게 빠져 나갈 줄 알아? 나를 내몰더라도 네 놈이 무사하려면 네 패거리를 따라 보내는 일뿐이야. 그들이 등 뒤에서 나를 쏘도록 하는 것뿐이란 말이야! 길 모퉁이나 차 안에서 또는 다른 어느 곳에서라도 좋겠지. 그렇지만 나는 가지 않겠다. 여기는 내 왕국이니까!」

「디스, 이 사람과 논쟁을 벌일 생각은 않는 게 좋을걸.」

마라스코가 충고했다. 이때 안드레아는 총구를 보란에게 향한 채 팔을 어깨 높이로 들어올리고 경고의 말을 뱉어내고 있었다.

「당신도 우리와 함께 떠나는 거예요. 아니면 쏘겠어요.」

보란의 32구경은 아직 그의 손 안에 있었다. 그는 그저 손가락질을 하듯 장난스럽게 그것을 디조르쥬의 가슴을 향해 겨누었다.

「디스! 빨리 여기에서 나가!」

마라스코가 재촉했다.

「너를 잊지 않겠다, 필립 허니! 너의 그 완벽한 속임수와 배신을 잊지 않겠어!」

「꺼져!」

보란이 명령했다. 디조르쥬는 등을 보이며 걸어갔다. 안드레아도 작은 총을 보란에게 겨눈 채 그의 뒤를 따라나갔다. 그들의 뒤로 조용히 문이 닫혔다.

「자, 이제…….」

마라스코가 입을 열었다.

「아직도 살인 청부 계약은 유효해.」

보란은 선언하듯 말했다.

「디스는 멍청이가 아니야.」

마라스코가 신경질적으로 입술을 빨아 대며 대꾸했다.

「그는 애들을 모을 수 있는 곳까지 가겠지? 그리고는 그들을 앞세우고 다시 이곳으로 되돌아올 거야.」

「그를 그대로 달아나도록 내버려 두지 않겠어.」

말을 마친 보란은 프랑스 식 문을 향해 걸음을 옮기더니 빗장을 힘껏 끌어당겼다.

「이런 와중에 그 여자가 끼여 들지 않기를 바랄 뿐이야.」

「이 일에 무슨 잘못된 일은 없었겠지, 프랭크?」

마라스코가 걱정스럽게 말을 꺼냈다.

「카포를 공격한다는 것은 매일 일어날 수 있는 흔한 사건은 아니야. 먼저 그것부터 확실히 알아봐야 하는 게 아닐까? 확인할 필요가 있겠어.」

「자네 미쳤나? 도대체 무엇을 알아봐야겠다는 건가?」

그는 마라스코를 비난하며 문을 밀고 잔디밭으로 나섰다.

마라스코도 급히 그의 뒤를 따랐다.

「그런데 그 계약을 내건 사람은 누구지?」

「정신이 나갔군, 자네! 도대체 어떤 빌어먹을 놈이 카포를 치라는 명령을 내릴 수 있겠나? 그들이 혹 계획을 변경하지 않았나 싶어. 그들에게 사실 여부를 물어보겠다는 건가? 필립 허니!

자네가 물어 보겠나?」

「아, 아니야, 프랭크!」

보란은 마라스코를 외면한 채 허공에 대고 재빨리 세 발을 쏘아 올렸다. 몇 사람이 어느새 그의 앞으로 달려왔다.

「무슨 일이야?」

그들 중의 하나가 도전하듯 물었다.

「베니 피스풀에게 들었나?」

보란이 소리쳤다.

「아, 물론 듣고말고. 이미 시작됐나? 벌써 그의 손가락이 딱 소리를 냈나?」

「당장 행동을 개시해! 우선 정문을 봉쇄하고, 아무것도 빠져나갈 수 없도록 조처하란 말이야!」

「개미 새끼 한 마리라도!」

그들이 복창했다. 보란에게 질문을 던졌던 사나이가 먼저 정문으로 뛰어갔고 다른 2명이 곧 그의 뒤를 쫓았다. 네 번째 사나이는 얼간이처럼 보란을 멍청히 바라보고만 있었다. 보란의 총구에서 불이 뿜었는가 싶더니 그는 선 자리에서 그대로 꼬꾸라져 버렸다.

「이봐! 이게 대체 무슨 짓이야?」

보란은 야만적인 코웃음을 치며 마라스코의 주의를 천천히 돌아 우뚝 멈춰 섰다.

「이곳에는 지금 두 종류의 인간만이 있어. 산 자와 죽은 자. 베니 피스풀이 그 둘을 갈라 놓는 심판관이지.」

「그 멍청한 녀석이?」

마라스코는 믿을 수 없다는 듯 소리쳤다.

「그래 소설과도 같은 얘기지, 안 그런가?」

그는 이제까지의 램브레터의 가면을 모두 벗어 던지고 보란이 되어 얘기하기 시작했다.

「무감각하고 천치 같은 너희들 살인 미치광이들을 위한 일이라네. 베니 피스풀로 하여금 염소 떼로부터 양들을 골라내게 하는 것보다 더 인간적이고 보람 있는 일이 이 세상에 또 어디 있겠나?」

「뭐, 뭐가 어떻다구?」

마라스코는 아직도 뭐가 뭔지 모르는 모양이었다. 그는 횡설수설하며 물었다.

「나는 잘 모르겠어. …… 자네 도대체 무슨 일을 벌이고 있나? 오, 그러고 보니…… 바로 네 놈이 보란이었군!」

그는 놀라 재빨리 권총을 뽑으려고 허우적거렸다.

「이제 알겠나?」

어느 사이 보란의 총알이 날아가 그의 콧잔등 사이로 깊숙이 박혔다. 마라스코는 그대로 뒤로 훌렁 나자빠졌다. 그는 배신감과 모욕감, 그리고 공포 속에서 서서히 죽어갔다.

「이렇게 되어 미안하군, 필립 허니!」

보란은 진심으로 그렇게 생각하고 있었다. 그러나 여기는 적진이다. 그런 감상에만 젖어 있을 때가 아니었다. 그는 32구경에 장탄을 하고 또 다른 적들을 처치하기 위해 걸음을 재촉해야 했다.

저택의 이곳저곳에서 총격전이 벌어지고 있었다. 정신이 나간 경호원들은 저희들끼리 얽혀 마구 쏘아 대고 있었다. 보란은 이제 자신의 총을 더 이상 사용할 필요가 없다는 사실을 깨달았다.

정문 근처에서는 톰프슨이 이끄는 한 떼의 경호원들이 그곳으로 접근하는 모든 것들을 제지시키고 있었다. 주차장 쪽에서 불길이 일었다. 죽어가는 사람들이 점점 불어나기 시작했다. 부상당한 몸뚱이들이 널브러져 있는 저택 안의 풍경은 그에게 베트남의 전쟁터를 연상시켜 주었다.

보란은 자신의 표적을 포기하고 안드레아를 찾는 일에 모든 신경을 쏟기로 마음먹었다. 그러나 그녀는 쉽게 눈에 띄지 않았다. 대신에 그는 벨보어의 벼랑에서 그로부터 교묘하게 달아났던 사나이와 우연히 마주치게 되었다. 줄리앙 디조르쥬는 마치 찢어진 모래 주머니처럼 그 자신의 영토 위에 내장까지 다 드러낸 채 쓰러져 있었다. 그 자신이 그가 훈련시킨 전투병들의 희생자가 된 것이었다. 거대한 캘리버 50의 탄환들이 그를 갈기갈기 조각내 놓았으나 그 카포는 아직도 자신의 왕국에 대한 그의 지배력을 확인하기 위해 분투하고 있었다. 손톱 미용사에게 손질받은 손가락으로 자신의 내장을 거머쥐고 다시 뱃속으로 밀어 넣으려 애쓰는 모습은 차라리 눈물겨웠다. 아마 그는 죽는 바로 그 순간까지 그 짓을 계속 하리라고 그를 내려다보면서 보란은 생각했다. 짐 브랜튼이나 징기스 콘을, 그리고 죽음 앞에서만 만날 수 있었던 달콤한 표정의 작은 여자를 떠올렸다. 또 디조르쥬의 얼굴에서 키다리 팀 브래독의 고통과 경악에 찬 얼굴을 보았으며 머릿속에 뿌리 박혀 결코 잊을 수 없는 아버지와 어머니, 그리고 누이동생의 얼굴도 보았다. 그는 〈죽음의 특공대〉의 아홉 전투원들의 참혹한 시체를 보았으며 마피아 무리의 시체들도 보았고, 저격수의 안내를 받았던 무수한 죽음들을 보았다. 그리고 그는 지금 그 자신의 왕국에서 꿈틀거리고 있는 줄리앙 디조르쥬를 보았다. 자신의 시신을 뒤덮을 흙보다도 더 가치 없는 사나이. 보란은 궁금하게 생각되었다. 이 세상에서 그 흙보다 더 가치 있는 무엇이 있을 수 있는 것일까?

맥 보란의 인생 전반은 전쟁과 폭력과 죽음으로 점철되어 있었다. 갑자기 보란은 자신이 지나온 날들에 대한 기억이 떠오르자 자신도 모르는 사이에 몸을 떨었다. 그의 코는 죽음의 냄새에 마비되었으며 그의 두 귀는 죽어가는 자들이 내지르는 비명과 신음으로 멍멍한 상태였고, 조각나고 찢겨져 나간 시체와 그 주위를 물들이고 있는 피, 그 피로 그의 두 눈은 욱신거렸다.

줄리앙 디조르쥬는 이미 이 세상 사람의 것이 아닌 목소리로 애원하고 있었다.

「나를…… 쏴줘.」

「그런 짓은 못 해!」

보란은 시선을 앞으로 고정시킨 채 죽음의 잔디밭을 가로질러서 아까 지나왔던 그 길로 프랑스 식의 문을 통해 카포의 서재로 들어섰다.

안드레아 다고스타가 거기에 있었다. 그녀는 제2의 프랭크 럭키인 베니 피스풀에게 붙들려 실오라기 하나 걸치지 않은 알몸이 되어 있었다. 눈물을 흘리며 그녀는 자신을 그곳으로 끌고온 사나이에 대한 증오와 분노의 욕설들을 뱉어냈다.

보란은 그녀를 측은한 듯 내려다보며 베니 피스풀에게 말했다.

「멋진 공격이었어, 베니! 이제는 밖으로 나가서 그곳의 쓰레기들을 청소해. 경찰들이 보이거든, 그럴 리는 없겠지만, 만일 그렇다면 보란이 이곳을 공격하려고 했었다고 그들에게 말하면 돼.」

「알았어, 프랭크!」

베니는 즉시 문을 향해 달려가더니 잠시 생각에 잠겼다가 돌아섰다.

「저, 그런데 말이야. 다시 이리로 돌아와야 하나?」

「물론이지!」

보란이 웃어 보이고 말을 이었다.

「네가 필립 허니의 자리를 차지해!」

베니 피스풀은 어린아이처럼 좋아하며 달려나갔다. 보란은 흐느끼고 있는 여자를 잠시 내려다보고 있다가 전화를 끌어당겨 칼 라이온스에게 전화를 걸었다.

「전화해 줘서 고맙소.」

라이온스의 다급한 목소리였다.

「당신과 접촉하기 위한 방법을 궁리하고 있었소. 내게 요청했던 찰리 다고스타의 죽음에 대해 조사가 끝났소. 서류철 속에서 여러 통의 편지들이 들어 있었는데 모두 그의 친필들이오. 모두 조직적인 범죄에 대한 얘기였소. 지하 세계의 암거래에는 줄리앙 디조르쥬가 그 배후 인물이었소. 바로 루이 페나가 그 사건에 있어서 의문의…….」

「좀 기다리시오.」

담담한 음성으로 보란이 그의 말을 가로막았다.

「그 정보가 필요한 사람에게 직접 얘기하시오.」

그는 전화통을 안드레아 곁으로 옮긴 다음 수화기를 그녀의 귀에 대주었다.

「그에게 시작하라고 해.」

「시작하세요.」

그녀는 기계적으로 속삭였다. 그러나 다음 순간 그녀의 손은 수화기를 움켜잡고 있었다. 안드레아가 경찰의 조사 보고를 듣는 동안 보란은 연신 담배를 피워 댔다. 잠시 후 그녀가 수화기를 돌려 주며 보란에게 말했다.

「고마워요!」

그녀는 옷을 주워 입은 다음 머리를 빗더니 그대로 방에서 나가 버렸다.

보란은 전화통을 책상 위로 옮겨 놓고 디조르쥬의 의자에 앉아 통화를 계속했다.

「거기서 무슨 일이 벌어지고 있는 거요?」

라이온스의 목소리가 전화선을 타고 흘러 왔다.

「집을 좀 청소했을 뿐이오.」

대답하는 보란의 음성에 짜증이 섞여 있었다.

「그 사람 이름이 뭐였더라, 브로렐라? 그 사람에게 전해 주시오. 직위에 대한 건은 잊어버리라고 말이오. 이젠 필요가 없어졌으니까.」

「당신 정체가 드러났소?」

라이온스는 놀라는 듯했다. 보란은 한숨을 내쉬었다.

「모든 것이 끝났소. 디조르쥬는 죽었고 가문은 풍비박산이 났소. 경비원들은 지금 집 안을 돌아다니며 서로 총질을 해대고 있소. 경찰 보병대를 좀 파견해 주시오. 진짜 충격전은 잠시 후에 시작될 거요. 그들 모두가 정신을 차리고 그제야 자신들이 무슨 짓을 저질렀는지를 알게 되었을 때 말이오. 시간을 맞춰 당신들이 당도한다면 고기 부스러기 정도는 긁어갈 수도 있을 거요. 중요한 일은 아니지만…….」

그 수사관은 놀라움을 감추기 위해 휘파람을 불어 댔다. 어느 정도 자신이 서자 그는 말을 이었다.

「당신의 바뀐 얼굴을 내가 알아볼 수 있을 것 같지는 않은데요. 내 말뜻은…….」

「나는 그곳에 없을 거요.」

보란은 피곤을 느끼며 대답했다.

「당신은 때에 따라 바보들을 조롱하고는 흐뭇해 할 수도 있을 거요. 그러나…… 아니 나는 안 되오. 디조르쥬의 서랍에서 어떤 물건을 꺼낸 뒤에…… 그게 내 마지막 짐이 될 것이오만…… 나는 갈 거요. 재빨리 사라지겠다는 얘기요. 라이온스, 당신에게 감사드리오. 정말 고마웠소.」

「그곳에 자물통을 채워 놓고 열쇠는 내게 보내 주시오. 우리들 가운데도 당신에게 성원을 보내는 사람들이 몇 있소, 보란. 우리들 중 일부이긴 하지만 말이오.」

「알겠소.」

보란은 짤막하게 대꾸하고는 전화를 끊었다. 그는 책상 가운데 서랍으로부터 서류 가방을 꺼냈다. 그리고는 디조르쥬 소유의 여러 가지 비밀 서류와 물품들로 그것을 가득 채웠다. 그는 가방을 들고 문으로 향했다. 카포의 본거지를 천천히 한 번 돌아본 다음 보란은 어느새 익숙해진 복도를 따라 걸어나갔다.

안드레아가 풀장 가에 서서 얼이 빠진 모습으로 물 속을 들여다보고 있었다. 물 위에는 반쯤 물에 잠긴 시체가 둥둥 떠 있었다.

「나하고 같이 가겠나?」

「어디로요?」

그녀는 허탈한 미소를 지어 보였다. 보란은 어깨를 움찔하며 물었다.

「어디건 무슨 상관인가?」

그녀는 머리를 흔들더니 한 손으로 보란의 손을 잡았다. 그들은 그의 새로운 메르세데스로 다가갔다. 안드레아가 말없이 차에 올랐다. 보란은 문을 닫아 주고 차를 돌아가 운전석에 앉아 천천히 차를 몰기 시작했다. 메르세데스가 정문에 이르자 앤드루 하디라는 별명이 붙은 사내가 여자를 알아보고 보란에게 음험한 웃음을 지어 보였다. 피로 더럽혀진 손수건이 그의 손에 칭칭 동여매져 있었다. 그는 차로 다가오더니 지저분한 손으로 차체를 어루만지며 말했다.

「대단한 구경거리였어, 프랭크!」

「그래 베니 피스풀에게 전하게. 내가 이 여자를 보호하고 있다고. 내가 돌아올 때까지 주변을 잘 감시하라구 말이야.」

「베니에 대해서는 아무것도 염려하지 말게.」

하디가 자신 있게 대답했다.

보란은 담담한 표정으로 계속해서 차를 몰아갔다. 정문을 빠져 나온 그들은 넓은 도로의 끝없는 선을 따라 달렸다. 보란은 다시 생각에 잠기기 시작했다. ……베니 피스풀은 자신이 무엇을 위해 싸웠는지를 아직도 모른다. 결과적으로 자신의 가문을 파괴하는 일이었다는 것을 그가 깨닫게 될 때쯤이면……. 보란은 잠시 동안이나마 그 철모르는 폭도들에 대해 가책을 느꼈다. 그러나 그런 기분도 잠시였다. 그들은 고용된 총잡이였을 뿐이었다. 자라날 루이 페나의 싹이었던 것이다. 세상은 그들 없이도 잘 돌아갈 수 있을 것이었다.

도로를 벗어날 때쯤 뒤를 돌아보던 안드레아가 몸서리를 쳤다. 그녀의 예쁜 얼굴에 어두운 그림자가 스치고 지나갔다. 그녀는 보란 곁으로 바짝 다가앉으며 조용히 입을 열었다.

「도대체 당신이라는 사람은 누구인가요? 어쨌든 당신은 지금 막 나를 지옥에서 구출해 낸 거예요.」

보란은 씁쓸한 미소를 지을 따름이었다.

「알겠지만 지옥으로부터 빠져 나오는 데는 두 갈래의 길이 있었지.」

「우리는 그 중 어떤 길을 택한 건가요?」

보란은 그녀에게 아무런 대답도 해줄 수가 없었다. 단지 자신이 택한 이 길이 필연이라는 생각만 들 뿐이었다. 그에게 그늘진 삶이란 익숙한 것이었다. 보란은 자신이 가야 할 길을 잘 알고 있었다. 그는 팔을 돌려 안드레아의 어깨를 껴안았다.

「다른 건 볼 필요 없어. 저 지평선만 보고 있으면 돼.」

「그게 무슨 이익이 있죠?」

「그러면 당신은 아직 살아 있다는 것을, 지구가 아직도 돌고 있다는 사실을 깨닫게 되지. 또한 앞으로 일어날 무수한 일들이 우리와는 얼마나 무관한 것인지도 말이야.」

그 여자는 한숨을 내쉬며 그의 어깨에 머리를 묻었다. 그들은 동서 고속도로의 교차점에 닿았다. 보란은 서쪽 지평선에 걸려 있는 핏빛과도 같은 사막의 붉은 석양을 바라보았다.

「아, 아니야. 나는 그 속으로 들어가려는 게 아니야.」

맥 보란은 투덜거리며 동쪽으로 방향을 돌렸다. 그에게는 자신의 앞날에 대한 예견이 필요치 않았다. 피의 붉은 빛은 이미 그의 그림자 자체에 부각되어 있었다. 모든 공포와 위협 가운데도 가장 큰 공포와 위협인 맥 보란은 마피아의 활동 전반에 대한 크나큰 장애물로 남을 것이다. 그의 다음 지평선 너머에는 패트와 마이크가 이미 기다리고 있었다.

그러나 잠깐 동안이나마 그는 평화를 느꼈다. 그에게는 지금 훌륭한 차와 확 트인 도로와 무엇보다도 따뜻한 여자가 품 안에 있었던 것이다. 안드레아가 길게 한숨을 내쉬었다.

「당신 가는 곳이 어디건 나도 따라가게 해줘요.」

「내가 무섭지 않나?」

보란은 이내 그녀의 대답을 들을 수 있었다.

「내 아빠는 내가 태어나기도 전에 죽었어요, 맥.」

「안드레아, 이제 나를 뭐라고 부를 텐가?」

「당신이 원하는 대로.」

그녀는 보란을 올려다보며 속삭였다. 보란은 그녀가 들을 수 없는 희미한 한숨을 내쉬며 말했다.

「나를 럭키라고만은 부르지 말아.」

그리고는 고개를 돌려 그녀의 이마에 가볍게 키스했다.

(계속)